山林中我與孩子最親密的時刻

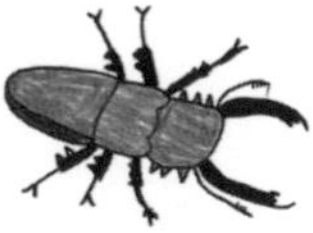

山育兒

洪毓謙

推薦序

要多少耐性，才能帶著孩子爬山？

陳淑芳／國立臺東大學幼兒教育學系系主任

「要多少耐性，才能帶著孩子爬山？要多少愛，才有辦法集結成一段段真透的故事？」看著毓謙樸實地記錄與孩子互動的點滴，彌足珍貴。

我自問多久沒有和家人好好走一大段路了？可能是很久以前的事了，因為工作，因為時間，還是因為錯過。如書中寫的，有些事很困難，也很簡單。現今世代中，少一點資訊、少一點科技的減法生活，反而很難做到。但能夠如此，讓心平靜下來，想必是必要的。毓謙做了很好的示範，唯有如此，才能在親子之間產生的對話和默契，這也是書中最精彩的部分。

在幼兒園中，我們喜歡使用木質的設備，希望能用最低的化學處理，讓木質桌椅和層櫃，能有原始的質感和味道。我們也喜歡讓孩子貼近自然素材，它的種類和樣貌，能真實地傳達出大自然的訊息。在國外許多幼兒園中，也喜歡讓孩子貼近自然，但那是在真正自然的情境下生活、學習。例如鋪塊墊子在木板上，讓孩子直接睡在婆娑的樹蔭下；或是能穿著雨鞋走（玩）在滿是泥濘的山徑裡。然而，這些看似自然的方式，要在國內執行，實屬不易。身為老師、身為家長，總顧忌太多，沒辦法真正地貼近自然。而家庭生活，成為了唯一可以這麼做的管道。

我們鮮少能夠如此貼近一位幼教老師的生活，在教育概論之下的實際，有著出乎意料的複雜因素，讓人思考角色之間的情感與教養衝突。這些詳實地反應出，家庭其實才是孩子教養的核心，是學習與成長的起始點。

不論您的身分為何，都很推薦您靜下來，閱讀此書。找到屬於自己，最親密的時刻。

推薦序

帶孩子走不好走的路

圓臉貓／環境生態講師

崎嶇不平的山路，一群人歪歪斜斜的走著，穿越樹林之後豁然開朗，哇，前方有一條平緩好走的馬路。家長孩子們疑惑的問，為什麼剛才上山時不是走這條好走的，而是帶我們走那條很難走的路呢？

我說：「現在走難走的路，是因為孩子將來的路會更難走。」家長們聽完後放聲大笑，也認同的點頭。從小培養起挑戰的基因，未來再遇到困難的時候，才有過關的勇氣，不容易退縮。

這個「帶孩子走不好走的路」是一種信仰，而現在有許多家長，也依循這條路在走，空閒時就帶孩子到戶外探險，吸收冒險的經驗值。本書的作者洪三寶爸，更是將這個理念落實得徹底！從沒看過有人把育嬰假過得如此精彩，除了每周一次的步道課之外，假日也會帶著全家人去爬山，總是要手牽一個背上再負重一個，他走的不好走的路可是比其他人更加艱辛。有時還要處理孩子的情緒問題，及顧到孩子的生理需求（肚子餓）。但已經習慣難走的路，這些並難不倒他，反而甘之如飴，因為山裡可以學習的事情太多，每發現一種植物、昆蟲，洪爸爸總是開心地發問。孩子在這樣的互動之下，也很愛吸取大自然的養分，找蟲的眼神銳利到，我覺得你才是生態老師吧！

書中有一篇讓我很羨慕的，是親子之間在大自然薰陶之下，產生了共同的語言，甚至是一個眼神就可以對話。他們同時看到一個造型奇特的石頭或木頭，就開始傳送眼神，是熊還是豹？親子間達到如此的默契，又有共通的語言，在山裡走一天也不會累吧。

聽著孩子銀鈴般的笑聲，和葉子的沙沙聲呼應著，譜成美妙的交響樂。腳下的足跡，刻印在回憶裡，當四季變換時，又會有什麼驚喜。

很開心我帶著洪爸及孩子們走過山林，並經由他的妙筆書寫，讓我們對大自然又有更多期待。期待孩子們都能與自然共處，在童年中留下愉快的養分。當你們長大時，想起那顆會爆開的果實，想起隨風旋轉的槭樹翅果，這是大自然在你心裡放置好的禮物，想念時，就隨時的開啟它吧。

目次

貳、山育志

堅持的意志

接受意外

品德

參、山育行

肆、山育知

後記

自序

回首一盼，我們與孩子都是山的孩子

我望著山，她總能恣意地展現旺盛的生命力：動物、植物、岩塊、土壤、氣候……和自己。這生命力匯集之處，吸引著我，自然地嚮往，猶如鮭魚返鄉，回到生命初始的地方。雖然在演化史中，生命之初來自海洋，但身在群山環繞的台灣，我總對山林感到親切些。

我喜歡山，所以帶著孩子上山，即便辛苦，也甘之如飴。這些美好回憶，我常再三回味，溫暖、歡樂、真摯，想把它們一一記錄，完整保存。回憶一多，蘊含其中的思緒和感受便會自動串聯起來，我從這些片段中發現，它們並非外表看來單純，它附有感情、溫度，甚至有省思和啟發，值得被記得和分享。

記錄是動筆的初心，誠如我高中導師葉惠美曾說的：「最淡的墨水都比你的記憶來得深。」一督促我們在課堂上寫下筆記。我也擔心某日發癲或忘卻，於是，記憶便如消散於風中的氣味和聲音，沒留下任何線索。

書寫記錄彷彿植物生長，文字堆積如越長越茂密的枝葉，底下的根，緊抓著如土壤石塊的回憶，同時也向心底鑽，越鑽越深。每每在解讀自然的真理與線索時，其實只是不斷釐清自己的內心世界。我們無法限制植物生長的樣貌，那是各種環境氣候條件所造就的，就像我當初無法預測本書最後的樣子，就順其自然慢慢地長，成了它應該的獨特模樣。

隨著一次次上山，發現讓人印象最深的，總是那些意料之外的事，充滿期待、驚喜，遍布各種面向。隨著教職工作所致，我慢慢地，將這些紀錄彙整為〈山育情〉、〈山育志〉、〈山育行〉、〈山育知〉，分別描述情感、意志、行為，以及知識的體悟與收穫。它們是一段段旅程，也是一則則真切動人的暖心回憶。

然而，書寫的過程，常對應著爬山時的心境。迷途、停滯、折返、撤退，所有山上的困頓，都曾一一浮現，磨著心志與耐力。回首一盼，發現被照顧養育的不只是孩子，同時也是自己，我們與孩子都是「山育兒」裡的孩子，被山林所引領，像藤蔓不斷向上找光，又像水流在岩縫中向下滲透，找著自己的方向。我循著心的方向，迂迴思索，在孩子拿片只剩葉脈的鏤空葉子給我看時，我看到的是縫隙之後那純真的摯愛面容。像是許多行旅者，到頭來重新愛上自己離開的那片土地。而我們追求的，最重要的，即在我們的身側。

本書能夠付梓，首先感謝時報出版社和編輯，有機會讓這些原專屬於家庭的故事能夠集結和分享。如同《少年小樹之歌》裡的奶奶說過的：「當你發現美好的事物時，所要做的第一件事，就是把它分享給任何你遇見的人。這樣子，美好的事物才能在這個世界自由地散播開來。」希望透過我淺白的書寫，能讓更多人愛上山，走入山林，尋找人類與大自然最純粹的關係。帶孩子爬山，可能比你想像的更容易，也可能更難。但必定形塑一段你與孩子專屬的回憶和旅程。

另外，特別感謝步道課的圓臉貓老師，注入我大多的山林知識，也感謝隨行的家長與孩子，齊於山野共學，不吝討論分享，留下懷念時光。而我親愛的家人孩子，衷心地感謝你們，和我創造這些故事和回憶。

閱讀此書時，讀者可以按部就班地順讀，也可以挑喜歡的章節跳著看。如果在閱讀時，能喚醒自己曾在山上的美好故事和感動，我想這就是此書最重要的價值了。

人物介紹

爸爸：幼兒園教師，於育嬰假期間擔任全職奶爸。喜歡運動、愛好自然，有廣泛的興趣，和永遠做不完的夢想清單，是典型的行動派人物。

媽媽：同為教職工作，相較於爸爸顯得沉著冷靜，在外有些內向害羞，在家則能生龍活虎地掌管著全家大小事，注重細節，是家庭的核心。

樂哥：就讀小學一年級，活蹦亂跳，精力旺盛。性子急，直線思考，言行表裡如一。喜歡踢球、下棋、和人比輸贏。

禾妹：適齡幼兒園中班，性格爽朗，自我要求高。心思細膩，常會主動關心家人朋友，是家裡的潤滑劑。喜歡美勞活動、昆蟲，和小動物。

岫岫：排行老三的弟弟，將滿兩歲，從小頭好壯壯，和大三歲的姊姊只差距三公斤。有些恃寵而驕，常把「爸爸我愛你」、「爸爸是我的」掛在嘴邊。

壹、山育情

對山的感受

我喜歡山，所以帶孩子上山

梳子一次次滑過禾妹的髮間，將頭髮明確地分開，露出的白色頭皮成了溪流。我抓起頭頂中間需要綁起的一束，用橡皮筋綁好後回串，形成山峰。我繼續梳順分散在旁邊的頭髮，向下滑落沖積出平原。

「快一點，可能會塞車喔！」我催促著。

禾妹大聲回：「好了啦，一定要這麼趕嗎？」並拎起背包和蒐集自然素材的罐子，一起到門口穿鞋。

我請禾妹按電梯並撒些魚飼料在魚缸，然後蹲下將岫岫的腳套入鞋中，岫岫突然嚷嚷：「新的，新的。」指著前幾天才拿出來樂哥以前的舊鞋，要穿。我換了他的新鞋，準備再套入時，岫岫又說：「我會，我會，我會，我要自己穿（鞋子）。」每個字慢條斯理又字正腔圓，深怕我不懂他的意思。誰教他正處於自主權大爆發的年紀，我起身讓他自己處理，然後背起登山背架，發現禾妹的眼神無奈地望著我，我們尷尬地笑了笑。

平日「山育兒」成員，有請第三次育嬰假的我，身兼領隊、嚮導、挑夫、伙夫……所有工作。隊中主將，是原本應該就讀中班卻成天和爸爸窩在家裡的禾妹（雖然她總是說她是姊姊），以及外掛將滿兩歲的岫岫。而就讀小一的樂哥和媽媽，則是放學後，或是周末才加入。

由於我熱愛山林，每周大約安排二至四次的爬山行程，主要遊走在大台北地區的郊山中，其中也包含每周一次的親子步道課。對年幼的孩子來說，一天最重要的三件事，莫過於「運動（玩）」、「吃飯」、「睡覺」。

在芬蘭等歐美國家，建議幼兒每天要有一．五至三小時以上的體能活動時間，以促進身心均衡發展，而國內則較保守地訂定為卅分鐘，相差甚遠。若能有充足的運動，孩子自然容易感覺到肚子餓，這時只要給他健康的食物，他們大都能接受，也可降低挑食的問題。至於睡覺，孩子玩累了也吃飽了，自然就能睡得安穩。於是，「運動」便成為育兒的首要任務。

台北的盆地地形，四周環繞著郊山，以知名作家黃育智撰寫的《大台北自然步道100》已經出版兩冊的數量來看，台北真的是郊山的天堂。但身為首善之都，公部門也盡心把許多步道鋪設得完善，反而失去自然、原始的氣息。和完善的步道相比，我偏愛原始的古道，如禾妹說的：「比較有探險的感覺。」更能貼近我們嚮往的自然，生命匯集之處。

郊山，雖然沒有大山來得壯麗、澎湃，但對小孩子來說，山上的景色都是優美的，況且能省去舟車勞頓，也免去高海拔的危險。倘若在住家附近選擇幾條適合的山徑，帶著孩子重複地走，能讓山林成為日常的一部分，更能看到孩子在熟悉環境中的變化與成長，郊山是再適合不過的選擇。

偶爾，我也會想著高山上的大山大景，或是回憶前幾年和登山車同好翻山越嶺，但有了家庭後，需要顧慮更多且更廣了。三鐵運動圈裡的柏青哥曾說：「工作、運動、家庭，三項都要平衡才是成功，失去一項都沒有意義。」如何在其中取捨和拿捏，永遠是人生的哲學。

我們的車子行經車水馬龍的市區，轉入狹窄蜿蜒的道路，人車也越變越少。「各位乘客辛苦了，我們即將抵達目的地。」身為車長的我高亢地向乘客們廣播著，藏不住心裡的雀躍和期待，像是踏上新的旅程，等待新體驗，卻又像是回到熟悉的地方，尋找老朋友。「我來了，我要加入你們的行列了。」身為生命個體的我，迫不及待想聚聚山林裡的大家。

綠色的地毯已鋪好了，陽光在樹梢間閃啊閃地眨眼，鳥兒用獨特的嗓音通風報信，然後蟬兒群默契絕佳地開始合奏迎接我們。

我們駐足在一棵茂密的烏桕樹前，上頭鳥兒們享用一粒粒像爆米花的果實，啾啾地叫，像是爭論誰吃得最多、最香，成了鳥食堂。我們蹲在樹下蒐集落下的果殼，以及卵菱形像是魟魚的葉子，放進蒐集罐中。罐子「叮咚叮咚」地響，像電玩瑪莉兄弟吃到金幣時一樣，同時提高了經驗值。

「爸爸，你看這種葉子也很漂亮耶。」禾妹撿了片櫸榆鋸齒狀的葉。

「真的耶，這是櫸榆的葉片，步道課老師曾說過可以蒐集起來貼在卡片上喔！」我一說完，喜歡美勞的禾妹露出不可置信的可愛模樣，馬上繼續搜刮。

大自然總有辦法變幻出無窮的美麗與細緻，櫸榆葉與烏桕葉，一剛一柔，大小形狀皆成對比，此外前者樹幹有著彎曲斑駁的迷彩裝，後者則是深縱裂紋，各自獨特。

眼前無盡的綠，是生命的顏色，即便是同樣的色系，卻不斷地變換彩度和明度，百看不厭。岩石的線條生硬，而植物柔軟，相互搭配、調和。禾妹蹲下來，摸著一處布滿青苔的大石頭說：「這好像穿著毛衣啊！又很像動物的毛。」我和岫岫前去感受，柔軟的觸感由指尖傳來，帶點溼潤和彈性，猶如散發無盡的生命力，導入體內，大自然與我們連結，彼此傾聽。

路徑緩緩向上，不至於太難，但有幾處溼滑。我讓岫岫走在我身前，雙手前伸做為他的扶手，若遇到較大的落差，則從腋下把他舉起，像是「坐電梯」那樣直上。

快達山脊時，眼前一小段枯木立在一棵大樹旁，背光的視角只看清輪廓，枯木的頂端兩側圓弧形的隆起。我轉頭看禾妹，她似乎也察覺到了，狐疑地笑，然後壓低地問：「是小狗還是小熊嗎？」我緩緩點頭。於是，我們像接近獵物般偷偷地靠近。結果雖然令人失望，但我們還是仔細端詳著這可愛的朽木。

事後，我們還是常提到這塊像是小熊的木頭，回憶裡有當時的期待，有當下的失落，但最重要的是有著孩子的笑容。純潔的笑觸動大人的心思，所有糾結都化為坦然，淡化私己的興趣和慾望。「山育兒」便是我陪伴孩子長大，與自身興趣的平衡點。

遼闊的視野映入眼簾，身心感受著流過汗的舒暢。孩子走來身側，牽起我的手。我，心滿意足。

「我最討厭的就！是！爬！山！」

早上樂哥首開第一槍：「每次都爬山，爬山，爬山，我不想再爬山了。」

禾妹再補一刀：「我最討厭的就！是！爬！山！不能想些別的地方嗎？」

我覺得好氣又好笑，馬上再出招：「可是我昨天已經把要送給爬山小朋友的『勇氣禮物』放在山上了。」

他們馬上好奇地詢問：「是什麼禮物？你什麼時候去放的？」

我心中竊笑：「哈哈，怎麼這麼輕易就上鉤了。」

每當接近山頂時，我會趁機加速，趕快把背包裡的小禮物拿出來，藏在樹枝或草叢裡，然後露出一點點，讓他們體驗尋寶的樂趣。像是蜜蜂尋找花蜜，看石縫、樹根、草叢、樹枝間，那個突兀、不屬於山林的禮物。

前幾次，找到禮物時孩子們還信以為真說：「還好有藏起來，沒有被別人拿走。爸爸，你是昨天晚上放的嗎？」後來，有時因為我無法第一個到達休息處，或是根本忘記要事先布置，他們還會提醒我：「爸爸，你趕快去藏勇氣禮物啊！我們在這裡數到十。」原來他們早就知道了呀！

但「勇氣禮物」不是每次都有的，這也符合心理學上的「變動比率增強」，以建立「爬山行為」。但背後的主因，還是爸爸忘記準備了，只能輔以「社會增強」說：「你們真的好厲害，不用靠禮物也可以完成耶。」同時建立自信與成就感，慢慢移除對增強物的依賴。

如作家楊世泰在ＰＣＴ（Pacific Crest Trail，太平洋屋脊步道）的天使之家看到的海報：「It's not about the miles, it's about the smiles.」攻頂與里程，對我們來說，都不是最重要的，而是我們與孩子同行，每次上山，都是與孩子相處的一段旅程。回想起剛開始帶孩子爬山，我也常疾走在前頭，後頭的孩子跟得辛苦，墊後的媽媽更是整個火大。如今，我不再是一個人，而是一個家庭，每個成員的感受及參與，都很重要。

我們走在山的中心，流連忘返，像一群山豬家庭鬆散地走，且走且停，又不時互相看顧、彼此逗弄，或是分享驚奇。猶如剛野放的家豬，用著鮮嫩的鼻子膽怯地掘著土。相信假以時日，我們將長出強健的肌肉，尖銳的獠牙，遊走山林。除了「勇氣禮物」外，我們有時還是會搭配小點心來鼓勵孩子，幫助他們度過較辛苦的路程。

「等下看到里程指標，你們就可以吃一顆牛奶糖囉！」我宣布遊戲規則後，整個小隊馬上變得精神抖擻。

禾妹開始大聲地數自己剩下的牛奶糖：「我還有一二三四……」

樂哥馬上確認：「一個指標（一百公尺）就可以吃一個嗎？」

我回答：「每二百公尺可以吃一個，也就是接下來每走過二個指標才可以吃。」他們稍微埋怨一下，但還算可以接受。牛奶糖甜滋滋的味道，在嘴中融化，讓精神為之振奮。隊員們心情轉好，吱吱喳喳開始閒聊，聊著最喜歡的點心，也商討著等會兒是否願意交換口味。

有甜味的滋養，腳步變得輕快，不久便可抵達休息處。我宣達：「看到下一個可以吃牛奶糖的指標時，能把牛奶糖忍到終點再吃的人，我到終點再多送一顆鹽糖。」樂哥嘴裡喊著不公平，卻願意試試看。禾妹則是只聽到我要加碼，完全忘卻了前面的條件，不但吃了牛奶糖，最後還吵著要鹽糖，令人哭笑不得。

早年美國心理學家曾做「棉花糖實驗」，施測者會給幼兒一顆棉花糖，告訴他十五分鐘後當施測者回來時，若棉花糖還沒被吃掉，則可以再得到一顆。後續追蹤發現，能堅持忍耐的孩子，通常具有更好的學科表現和人生成就。雖然後續有人質疑實驗結果的推論，卻能藉由實驗看到孩子當下的控制力，以及性格差異。

時值盛夏，口袋中的牛奶糖若不放入嘴中，也會慢慢融化，與薄薄的包裝紙沾黏在一起，像是背上的衣服，夾在背脊與背包之間，黏膩難解。山徑漸漸貼往溪水，水聲漸響，較深的河面波光粼粼，像是裡面藏了金銀珠寶。淺處溪水潺潺地沖刷，滾動繽紛的礫石，使得溪底沒有絲毫泥藻殘留。

一到下溪處，我們各自熟練迅速地解下裝備，跳入沁涼的溪水之中。熱氣和黏膩彷彿投入杯中的發泡錠，隨著不斷上升的氣泡飄散而去。溪水總是讓人驚嘆，不論天氣如何酷熱，始終如此涼爽。

嘩啦嘩啦的水聲，像是讓人放鬆的白噪音，淡藍色的天與絲絲的捲雲，讓人微微闔起眼。我回憶，第一次帶孩子下溪，我興沖沖地抱孩子衝下水，一入水孩子竟縮著腳，咿咿呀呀地纏在我身上。最後，他們留在溪岸邊，處在自己的舒適圈觀望。我只好獨自享受，躺在溪床上，想像自己是格列佛造訪小人國，淺淺的溪水怎麼沖都奈何不了我。

陽光不時從枝葉中射入眼中，似乎提醒我不該如此放縱。沒多久，兩隻小猴子陸續爬上我這座島嶼了，他們坐在我身上蹬呀蹬呀，想喚醒沉睡的巨人之島，下一秒島嶼轉身變為浪板，孩子則開始大聲尖叫。溪水的模樣，自此刻開始流入他們的生命中。緩緩地，悠悠地，隨著山勢繚繞而行，又如血脈開始串流全身。我搬塊大石，放在溪中讓孩子坐著泡腳，然而，當年一歲多的禾妹依然哭鬧不休。一旁的媽媽看我束手無策，於是坐定在石頭上，一手接過禾妹，然後掀起衣襬哺餵乳汁。

水面依然亮晶晶地閃著，魚兒在透淨的溪水中穿梭，情緒穩定後的禾妹，眼光透過媽媽衣服縫隙觀察著這個世界，有隻小小的腳沾著水面晃啊晃。我們身處大地之母的懷抱，同時哺育著自己的孩子，引著他們，貼近妳。平時拘謹的媽媽能有此舉，心裡滿是感動，也是感謝，這畫面遠比木柵動物園前那女性哺育幼鹿的雕像來得真切。

我們是孩子的引路人，走在前方引領他們走向山林。但事實上，我們更像是在航道上引導方向的引水人，和他們在同一艘船上。在他們膽怯、放不開時，陪在身邊，幫助他們避開暗礁和淺灘，一同抵達目的。

一對短腹幽蟌（豆娘）正在交配，彎曲的腹部形成獨特的心形逗留在溪邊的石頭上。交配後的雌蟲，通常會將卵產於水中的石縫或枯木間，甚至會潛入水中數分鐘，找尋更適合的產卵處，只為了繁衍後代。

生命的河流總不曾停歇，我們將山和溪水帶入孩子的童年，將愛好自然的種籽放入孩子的心田。若水能像《冰雪奇緣》裡有記憶魔法，希望它能記得歷歷往事，記得孩子與我們曾經如此親密。

我喜歡爬山，因為可以和你在一起。

即便在山林裡露營，我們仍會在睡前為孩子說本故事，繪本《愛心樹》（*The Giving Tree*），描述著男孩與蘋果樹之間的故事。

男孩小時候常在蘋果樹上玩，盪鞦韆，撿樹葉編花圈，戀愛時則和女孩在樹下乘涼，和樹一起長大。之後男孩離開了，鮮少回來。失志時，樹給他蘋果去賣錢，劈樹枝去蓋房子，最後連主幹都給砍了，樹已鞠躬盡瘁，只剩下樹頭可以讓男孩坐著。如今，男孩也已衰老，別無所求，只需要坐著休息，樹覺得很快樂。

「你們覺得，樹真的很快樂嗎？」我詢問聽眾們。

「快樂啊，它說它自己很快樂啊！」禾妹直覺式地回答。

「沒有快樂！男孩都沒陪它，還把它的蘋果、樹枝都拿走了，最後……」

樂哥反駁並仔細地解釋給禾妹聽。如故事裡的情節，過程往往比結果更為重要，有投入的情感和思緒，讓享受過程反而成為了目的。

下了一天的雨終於停歇，空氣純淨，蟲兒似乎還沒有準備出來唱歌。因為是上班日的關係，偌大的森林營地只有我們，和我們說話的聲音。在山林裡說著關於樹的故事，果然特別有感，四周的杉樹林筆直高聳，我們顯得如此矮小。一盞營燈成了林間唯一的光源，亮度也局限於我們的地墊範圍，我們像是一個小世界，獨立且唯一。

如此靜謐的營地，路程相對遙遠、崎嶇蜿蜒。下午好不容易到達營地時，雨勢正大。營主匆匆地打個招呼說：「我們收完垃圾要回去了，今天不會再上來了，交給你們囉！」然後小發財車疾行而去。

媽媽照顧打點著孩子，我則速速搭建帳篷和天幕。完成後，孩子開始翻出行李箱裡的玩具，有禾妹的布偶娃娃、樂哥的寶可夢公仔，和一些積木、桌遊、繪本等等，邊玩邊吃著水果和小點心。

眾多玩具中，我特別喜歡動物模型，它們像是大自然的代言人。樂哥和禾妹把動物們放在木棧板上，搭配樹枝、石頭和葉子，又是一場「肉食性動物大戰草食性動物」的戲碼，像是拍攝玩具電影的場景似的。

老虎說：「呵呵呵，我好像聞到食物的味道，你們有聞到嗎？」

羊群說：「小心，牠們快來了，先躲到石頭後面。」

「不是這邊，等下要先用石頭壓牠們……」

我陪著孩子玩，一小部分的心思偷偷地隨森林的氣息神遊，嗅著土壤溼潤的味道，看著芋葉上的水滴聚滿再滑落，既慵懶又閒散，時間變得緩慢，但卻依然捨不得。

「爸爸，換你了啦！」孩子把我的心神拉回，我說聲抱歉然後重回遊戲。不知是否山林的氣氛使然，孩子玩得特別投入，原以為玩膩的戲碼依然趣味橫生。但後來再想，主要還是因為我們大人認真陪玩的關係吧。

平時爬山和露營，除了偶爾和少數熟識的家庭同行外，我們大都喜歡獨立行動。媽媽和我總覺得太熱鬧和歡樂，會失去些什麼，或是錯過什麼。如大人忙著聊天，而忽略孩子，或是孩子玩瘋，而失去分際之類的。我想最重要的，應該是想把握認真陪伴彼此的時間。我們總覺得孩子是這生中最重要的資產，所以不辭辛苦，花上許多時間和心力陪伴他們。在小世界中，認真地與孩子說話，感受孩子的想法，情感在此間傳遞，像蜘蛛網越織越密。

晚餐時間，我們圍著木桌，媽媽打開鍋蓋，白白的熱氣像火山爆發的煙霧飄散，我的眼鏡上布滿水氣，白茫茫一片。孩子說：「爸爸，你的眼鏡好好笑喔！這樣怎麼看啊。」

我只等著水氣自行散去，便做鬼臉逗弄他們，又假裝慌張：「奇怪，我怎麼看不到，是誰在說話？」他們笑得更誇張了。我聽著他們童言童語，和山的聲音。孩子在，媽媽在，全家人都在，不需著急，好好享受便是。

入夜後，夜行的蟲兒甦醒。一隻拇指粗的馬陸沿著內帳外側往上爬，媽媽被嚇個正著。我說聲：「抱歉了，晚安。」然後輕輕將牠彈落。身邊的孩子終於電力耗盡，香甜入夢。蟲兒、蛙兒輪唱著定情曲，林子的風輕輕拍動帳篷，啪啪啪像是聽眾拍著手。我和剛剛的孩子一樣興奮，不甘入睡，聽著森林夜曲。終於，在夜最深的時候，夜行動物就寢，鳥兒還未起床，萬物寧靜，連風都休息著，我才失去意識。

喜歡爬山的人，總戲稱回到平地時因為想念著山而致心神不寧，為「低山症」發作。如同我的思緒依舊停留在山上露營的美好，如今又走在簡單的郊山行程，難免還有些不適應。

我和禾妹、岫岫恰巧和一群幼兒園孩子走在一起，大班的孩子走在前頭，個個精神飽滿有著不服輸的氣魄，嘰哩呱啦地分享著他們的爬山經驗，當我問他們旁邊岔路通往何處，他們又七嘴八舌搶著說，我聽不清楚但也無法制止。只聽到好幾次「小矮人山洞」的名字，讓我想一探究竟。我們休息一會兒，年紀較小的孩子也慢慢跟上，步伐較小卻也穩健地踩著。聽幼兒園老師欣慰地分享，他們每周都會上來一次，這已成為他們生活的一部分了。

回程時，我們特別繞去探訪「小矮人山洞」，眼前一棵已傾倒的大樹，布滿蓊鬱的蕨類，穿著伏石蕨織成的衣裳，戴著巢蕨做成的皇冠，活靈活現。斜躺的主幹與步道形成山洞，岫岫彎著腰或爬行，不停地在底下鑽來鑽去，禾妹則跨上主幹努力往上爬。大樹的另一枝幹同步道的方向延伸，轉折處在騰空與觸地之間，姊弟倆在上面搖啊晃啊，一下側坐一下跨坐，最後當作跳水跳板一樣大力搖晃再跳下，好玩極了。一棵倒樹，儼然成為多功能遊具，難怪孩子們這麼喜愛。

經過幾次愉快的山林之旅後，我期待又忐忑地問禾妹：「妳覺得爬山怎麼樣，喜不喜歡爬山？」

「喜歡啊！」她興奮地回答。

「真的，為什麼變喜歡了？」我繼續追問。

「因為可以和你在一起啊。」禾妹笑臉盈盈地說。

這句撩爸的話不知從哪學來的，但她稚嫩的聲音依舊停留在腦海，不斷重複播放著。猶如蘋果樹與男孩，因為在一起，所以快樂。

心靈平靜

爸爸，會不會有熊啊？是大貓熊

暮蟬清脆如鈴的鳴聲，幽幽地在山間徘徊，像是警示音不斷播送，和一般嘎嘎的蟬聲截然不同。我們在古道上走了許久，皆未碰到其他登山客，越往山裡走，離文明世界也越遠了。

《冰雪奇緣》北烏卓人的魔法森林裡，聲音是無法傳到外界的。我又想著雪兒．史翠德走在太平洋屋脊碰到的怪誕獵人，轉頭看著身邊三個嗷嗷待哺的小孩，有些忐忑。緊張的感覺像狡猾的蛇，往孩子的方向溜去，總是一馬當先的樂哥，竟在我前面幾步的距離而已，禾妹則是握緊我的手，掌間已出汗。悶熱的天氣與心頭壓力集結成汗珠，肩上承載著岫岫與背架，這一切讓人頭昏眼花。

我聽著心跳「怦怦怦」地跳，頻率遠快於腳步，緊張讓步伐顯些僵硬，感官也因過度敏感而失去協調。腳下一個踉蹌，身體歪斜，差點連背後的岫岫一起跌跤。我回神後，座艙裡的岫岫「咯咯咯」地大聲笑著，雙腿用力蹬著想要再玩一次。我也尷尬地回笑幾聲，笑自己窮緊張，笑自己如此生嫩不能懂得享受山林。

「是因為離我們習慣的城市太遠而緊張嗎？」我自問著。

「如果害怕，還要繼續走嗎？」

心中很是矛盾，原喜歡幽靜原始的古道，卻因沒有碰到其他登山客而開始擔心流落在山間，或是遭遇不測，那為什麼不去走鋪設完善、人潮熱絡、備有公廁洗手台的熱門步道呢？

身邊爬來一隻臭巨山蟻，台灣特有的大型螞蟻，單槍匹馬地在石頭上探尋食物，行走快速，勇往直前。我們看著牠翻山越嶺，遇到潮溼處則快速地變換路線，似乎不在意自己身體小，也不在乎能看得多遠，毫不畏懼。

沉默已久的樂哥終於說出他心裡的大石頭：「爸爸，這裡會不會有熊啊？」

禾妹接著說：「可能是大貓熊喔，因為這裡都是竹子啊，你看。」如果是熊，禾妹好希望是她喜歡的那種。

但這裡怎麼可能會有熊呢？更哪來的大貓熊呢？傻孩子。我像位耆老，分享我對熊的見解：「台灣黑熊的鼻子很靈敏，個性機警，並且需要很大的活動空間，而且牠的鼻子比狗更靈敏，可以聞到幾公里外的味道，所以不可能在這種郊山出現，更別提需要吹冷氣的大貓熊了。」

我們天南地北的聊開了，當不去處理感覺的時候，就是最好的處理。身體開始習慣在山林中的步調，肩頸關節也微微放鬆，心中的疙瘩逐漸消去，畢竟城市老鼠還是需要花一番工夫去適應山野吧！

孩子從捲曲的竹葉尖端，抽出最細最鮮嫩的葉，放嘴中嚼著根部，嚐著像是竹筍的滋味，微脆微甜，直到纖維變粗不能再咬時，則尋找下一根。這是我們爬山時的小樂趣，有時，禾妹會貪心地蒐集一小把，一路慢慢品嚐。如今她有別的計畫：「我要把這些留在這裡，留給大貓熊吃。」然後將數根「竹筍葉」留在大石頭上。樂哥笑她傻，就愛胡思亂想。我則不想戳破她的幻想，像是我們為孩子保留耶誕老人或是牙仙子的童話一樣。

我們順利抵達原訂的折返點，看到前方的建築物還有停車場，像是兒時的電影《大魔域》，從異世界回到了現實。突然間一連串的狗吠聲劃破天際，我們嚇傻了，保持不動的陣勢，只有岫岫不斷磨蹭著我，像是要躲進去我的身體裡似的。幾隻體態剽悍的狗老大前來巡視，在身邊東聞西看，勘查後判定我們人畜無害，又猖狂地吠了幾聲，帶有戲謔嘲諷的味道離去。我再次心生窘態，不知如何是好，是接近文明世界比較好呢？還是走在人跡杳然的山林？我有些模糊不清，飄移不定。

我們坐在廢棄的日式迴廊閒聊，享用點心，感受建築物已凋零，但山景依舊的淒涼感。由於建物本體依舊完整，自然的觸鬚還未探及屋內，裡面只死寂地布滿塵埃。相反的，屋外藤蔓纏著屋簷攀爬，枝枒從棧板裂縫鑽出，綠意盎然，像是回到了山林的懷抱。

回程時，因為已熟悉路線，大家的步態轉為輕盈。禾妹前去查看剛剛放置「竹筍葉」的大石，大叫：「是大貓熊，牠把竹筍都吃掉了！」樂哥也上前確認，然後拚命解釋「竹筍葉」可能消失的原因：「可能是風吹的啊，或是其他動物……」但禾妹依舊堅信有大貓熊出沒，不容質疑。

孩子一路還為大貓熊的事鬥嘴，我趕快岔開話題，問著：「你們知道在山上迷路，第一件事是要做什麼嗎？」

「大叫！」禾妹說。

「在原地等。」樂哥說的答案和巧虎教的一樣。

「還可以吹那個，嗶嗶嗶的哨子！」禾妹補充。

我搖搖頭，走近一棵大樹，然後擁抱著它。孩子們笑嘻嘻的，不可置信的樣子，好純真可愛。我解釋，以前的人覺得大樹能釋放特殊的能量，能讓心情穩定，然後就能再好好思考解決的辦法。我想，這也正是我需要的，樹幹粗糙的紋理，像是爺爺做了一輩子農事的雙手，我胸口緊貼著大樹，感受它是否有呼吸和心跳，樹幹溫暖地起伏回應，後來我知道，那其實是自己的。

這次古道之旅，全程沒碰到任何人，我們浸泡在純粹的山林間。從緊張到平靜，從慌亂到從容，一路上盡是不斷的自我對話。我想著臭巨山蟻那樣大步而行的模樣，能隨著風的節奏呼吸，讓心徜徉在蟲鳴鳥叫之中。

山是面鏡子

隨著山林經驗的增加，我開始越來越像隻鄉下老鼠了，感受山，希望成為山的一部分。

這次難得放風，沒有孩子跟著，我用最快速度移動疾行，在快走與跑步之間，恣意地控制速度。視線循著被踏實的路徑而走，但林間幽暗，迫使我停下來，尋找樹枝上的登山布條，以確認路徑。兩支登山杖奮力下插，配合腳步，想盡快在陡上的箭竹林中突圍，看清謎團之後的答案。這段山徑沒有蟲鳴鳥叫，沒有風也沒有景，只有我的呼吸聲。很喘，但不願慢下來。

至山巔後，金色的光灼著眼，溫度上升，沒有迎來期待的暢快。我坐在被曬得暖融融的大石邊，等待雲霧漸近，擋去遼闊的景致。再靠近點，霧氣變為透明，轉成涼意而來，解著背上的汗，感覺清爽。雖霧茫茫，心情卻變坦然，而原本以為不會離開的霧氣，竟又隨風散去。

虔誠的朝聖者，透過身軀的磨難，尋求平靜。寡慾的僧侶，在淡泊的日常中，安定身心。而走入山林的人呢？是想追求類似的體認，還是想離開生活煩憂，走入山懷抱？

山嵐隨風陣陣地來，波動底下的箭竹林，像是山呼吸起伏的胸膛，又像是小時夜驚後父母拍背的手感，既厚實又溫暖。我調整呼吸，尋求安定，閉上眼。歷經體力宣洩，與壓力釋放，下山時，少了對山頂的期待，頓時心頭開始掛念起孩子了。

「裡面那麼暗不會害怕嗎？」我問禾妹。

「就很簡單啊，不會害怕。」她輕鬆回答。

前幾天，我和禾妹單獨前往一個巨石堆疊的天然石縫，狹窄處我得卸下背包側身蹲低方能通過，岩壁阻隔光線，陰涼幽暗，彷彿隔世。耳邊還能聽到外界微弱的蟲鳴，但感覺卻異常遙遠。

洞穴裡的石桌上布滿黑色塊狀物，我本想譴責遊客竟在此烤肉，仔細觀察後才推測是蝙蝠糞便，我察看上方動靜，卻沒看見什麼。我敲響登山杖並放慢動靜，希望能趕走蛇蠍之類的洞主。衣褲摩擦著狹窄的石縫，我仰看兩側巨石牆中露出一點天光，懷疑再向前是否會通向另一個世界。

我不時回頭看禾妹的狀況，詢問她是否需要幫忙。但似乎多慮了，她輕鬆地走，還嘰嘰喳喳地炫耀，她根本不需要低頭或側身，即可通過。

「如果妳一個人走會不會害怕呢？」我問。

「會有一點害怕，有家人一起就不會害怕啊。」禾妹微笑著。

山像面鏡子，可以照出自己的模樣，也照出心裡掛念的事情。我們與孩子相互倚靠、合作。不知什麼時候開始，我們不再害怕遇見叢林野獸，不再擔心走得太深太崎嶇，逕自地在山林裡走著，和彼此說話，和彼此相處。禾妹曾說爸爸像棵大樹，只要在身旁就很安全。而孩子閃爍的眼睛，則像座燈塔引領我方向。而我現在正下山朝著孩子的方向，家的方向。

我想起岫岫前幾天隨手拿起一片葉子，口念著：「杯子，杯子，杯子……」走來找我。我不解他的意思，還糾正他的發音說：「這是『葉子』，『葉子』。」但他仍鍥而不捨地繼續念，我突然恍然大悟，猶如金光射穿烏雲密布的雲層，獨讓光下的海面閃著波光似的。

我趕緊蹲下，看著他烏溜溜的眼珠說：「你是不是想用葉子來做杯子？」他點著頭「嗯」的一聲，滿意我終於能理解了。因為在步道課堂中，若碰到印度橡膠樹，大家便會撿幾片橢圓形寬厚的葉，摺成杯子，盛裝撿拾來的小東西。平時，我總把岫岫當成是外掛的角色，只想盡辦法讓他和我們走完行程，卻不知在他心裡，早就悄悄地萌芽探索與學習的慾望了。我們的登山小隊裡，每一個成員，都很重要。

我些許焦躁，停在林間休息，原本應向下的路徑，似乎又些微往上。我懷疑是已錯過轉出O型路線的岔口吧！我坐下，安靜地喝水，查看路徑。當身體沒有在移動或說話時，林間的聲音變得大而清晰，呼呼的風，沙沙的葉，感受與行走時截然不同。平時我們浩蕩在林裡打草驚蛇，如今卻提防森林的主人們忘記我在這裡，而出來閒晃。我的耳朵辨識聲音，眼睛盯著蕨類搖晃的方向。我想問問禾妹是否有看到或聽到什麼，卻發現只有我一人。

我常會對禾妹訴說著環境變化，以及我在山裡的感受。有時，由明亮的山徑轉入幽暗林內，我擔心她害怕，但她一派輕鬆地回答：「只是變暗一點點而已，還是看得見喔！」眼神依舊閃亮。

我想起幼兒的發展過程中，大約在一歲前就會發展出「社會參照能力」，孩子會藉由觀察照顧者的神情，來判斷情境或是當作行為的參考。例如岫岫在想要搗蛋推倒樂哥的積木時回頭看我一下，發現我對他搖搖頭，而停止動作。又如我帶岫岫去學校，當他看到我和陌生的同事熱絡交談，知道這不是陌生人，沒有危險。如今卻想起，孩子反而常是我參照的對象，或是尋求那個透亮且安定的眼神。

作家龍應台在《大武山下》寫著：「當你進入最後的、絕對的、永遠的黑暗，從黑暗往回看那有光的地方，你就會知道，其實，我們所有的、所有的人都是緣那麼淺，愛那麼深。」

我曾在生氣時對孩子說：「你們怎麼沒有好好珍惜，你們有這麼棒的爸爸呢？」他們不知所措地看著我，沒有回答。但我心裡卻自問：「我有好好珍惜這麼棒的孩子嗎？」即使沒有人說出答案，我們都知道自己可以做得更好。

我已回到正確的路線上，自負疾走果然錯過了岔口。平時帶著孩子且走且停，反而鮮少走錯路。多了幾雙眼睛、耳朵，還有嘴巴，雖然速度慢，但這才是我們的目的。

「山育兒」原指成人在山中養育孩子，但在山中體悟與收穫最多的人，反而是我。引領我的是山，也是孩子，在安定與平靜之下，看見生命的本質，是人，是愛，是孩子，是每顆沒有裹著糖衣的心。我傳遞著山給我的一切體悟，有天，孩子終將不需要我的媒介而能領略山的訊息與道理，那就是我功成身退的時候吧。

車子駛向市區，看見被山勢圍繞的台北盆地，群聚著灰白色的建築，頓時心情一沉，像是聽到上課鐘響，得回到教室座位。好在，幾處郊山在市區外圍向內延伸，讓都市人也能感受到些許自然綠意。

進家門前，我想起曾走在某個小巷裡，看到一戶人家的門鈴旁，刻著幾個字樣：「進門前請脫去煩惱，回家時帶快樂回來。」我應該也寫在我們家門口才是。於是，我揚起嘴角，大聲說：「ta da i ma。」（日語：我回來了。）

親情

一個人走得快，一家人走得遠

我刻意忽略樂哥的抱怨，想轉移他的情緒，以為一下子就會好轉了。但他的情緒與埋怨，排山倒海而來，我像艘停泊在港口的船，任由波濤巨浪拍打，理智是船的韁繩，越拉越緊，無法負荷。

路旁的車子呼嘯而過，我蹲在路邊質問他的態度，指責他的行為，把淹滿船身的海水全部倒回給他。他不甘心，好勝的淚水聚滿眼眶，持續用踱步、嘆氣來反抗。炙熱的太陽，與熱滾滾的柏油兩面夾擊，讓憤怒與熱氣，不上不下的停滯著，彷彿時間也是。

事後，媽媽語重心長地說：「今天的行程真的太累了。」我用google測量今天的路程，果然超過平時的里程，深感愧疚。「是誰把孩子帶到山上的？是我。」

大人對自己的孩子發脾氣時，往往並非不知孩子的所求，而是覺得他可以做得更好。好比樂哥生氣當天，是同走的四位孩子中體力最好的，我只覺得他在胡鬧，因為一點腳痠就鬧脾氣。事實上，當他說：「我不想走了」、「我走不動了」其實可能同時拋出「我好熱」、「我餓了」、「我頭好暈」……等其他需求。孩子很自然會因為生理需求而產生負向情緒，相較於滿足生理需求，孩子的情緒更需要被包容，優先處理，大人的「同理與支持」往往是幫助孩子的首要步驟。

我們可以蹲下來對孩子說：「我知道你覺得……那一定很不舒服……我們可

以……」讓孩子知道我們理解他，而且會幫助他。即便無法立即滿足孩子的生理需求，也讓他們知道我們和他是「同一陣線」。

孩子和我們一同上山，跟著我們前進，跟著我們休息，以大人為中心營造出安全的活動範圍，我們就是孩子的依靠。在這種情況下，我們難道不能全然接受孩子的情緒嗎？孩子開心、興奮、自信、沮喪、挫折，我們通通都要接受，全然地接受。這並非完全順著孩子的想法，而是大人需要認知孩子在山上有情緒是正常的，然後用穩定的方式溝通，找出改善的方式。

但上述的好方法，都必須建立在「大人穩定的情緒狀態」之下。曾有人分享育兒經驗：「修練不用到寺廟，帶孩子就是一種修練。」幽默又有意思。帶孩子的日常我們不總是在自我情緒與理智之間拉扯嗎？曾是新手爸爸的我，有天若有領悟的對太太說：「我覺得只要大人情緒不爆炸，就成功一半了。」當我們越能理解孩子生氣的原因，也就越能保持理智。

禾妹正彎著身子，觀察一個捲曲的葉子，問說：「是避債蛾嗎？」

我看著這個精緻的育兒搖籃說：「是捲葉象鼻蟲。」

我繼續解釋，象鼻蟲媽媽產卵前會選片軟硬適中的葉子，用嘴巴在葉片上戳數十個小洞以破壞葉脈組織，再利用腳和身體將葉片一圈一圈地捲起，把卵產在裡頭，最後像摺紙一樣頭尾收齊固定，全程沒用任何黏膠，得花將近三、四個小時才能完成一張精美的搖籃床。

「象鼻蟲媽媽好辛苦，都沒有人幫忙她。」禾妹評論。

「是啊，如果有幫手就好了。」我回答。比起象鼻蟲媽媽，我真的幸運多了。

我抱著岫岫趕路，兩手因痠麻而交替著，不時查看手錶，禾妹則在後面勉強跟上，腳步稍慢就會被拉開一段距離。

由於接樂哥下課的時間緊迫，隊伍只能無趣地前進，山景再美也無心逗留。

我說了幾句鼓勵禾妹的話，但基本上還是希望她走快一點，她沉默地加緊腳步，早已感受到爸爸心頭的壓力。

不斷扭動的岫岫，想睡而無法滿足，我的肩胛骨出現痛楚，我得停下來休息，同時思考對策。後面的禾妹看到岫岫下來，隨手拿起血桐的惡魔果實要逗弄他，一個跑、一個追，一溜煙馬上嬉笑隱沒在前方轉角，我小跑步跟去。岫岫看我追上，為了躲避姊姊的攻勢又來討抱。我把他抱在胸前繼續走，岫岫不時偷瞄後面的姊姊，禾妹看到他探頭出來又想追近些，這時我又故意加速惹來岫岫咯咯咯地笑。一來一往，像是員外追丫鬟的戲碼，姊弟倆擠眉弄眼，互相調情，意圖也只在逗弄對方而已。

徐風迎面，吹上心頭，終點已在不遠處，岫岫的瞌睡蟲和我腦袋裡的滴答聲已無影無蹤。

「轉移情緒」平時是我在幼兒園面對鬧情緒的孩子，最喜歡使用的大絕招。我會誇張地拉高嗓音，想辦法讓孩子去注意其他有趣的事物，可能是口袋拿出來的小汽車，可能是一旁已疊高的積木塔，一旦轉移情緒，孩子大多能暫時忘記原本生氣的原因。沒想到，小幫手禾妹使用起來如此順手。

我轉頭對走在身側的禾妹說：「謝謝妳陪弟弟玩，讓他沒有再繼續鬧脾氣。」

她靦腆地笑說：「不客氣。」

猶如籃球場上，一個優秀的隊伍，有後衛、前鋒和中鋒，各司其職方能讓球隊獲勝。我們一家子，就是最棒的團隊。樂哥腳程快體力佳，總是充滿活力，能至前方勘查，也能在隊伍間穿梭幫忙遞物。禾妹對任何自然事物都感到好奇，善觀察及探究，還有著體貼關心人的性格，總提供著我們心靈上的能量。爸爸身為領隊掌管行程，但還是需仰賴心細善於檢核全局的媽媽，總在我不足之處補位，提供意見。最後的岫岫，就像哥哥姊姊說的：「可愛就好。」是我們的開心果。

全家人在山上，除了自然地各自分工外，也互相留心彼此。休息時，媽媽常會拿出浸過山泉的毛巾替孩子擦臉，原本拒絕不要的孩子，臉上竟堆滿笑容：「好舒服啊。」我回憶小時候，父親在幫我擦完臉和手之後，總會蹲下來繼續幫我把大小腿也擦一擦，原以為不重要的腿，經毛巾將黏膩的汗水拂去，竟通體舒暢。我問父親：「你怎麼知道擦完腳會這麼舒服啊？」他只是滿意地笑一笑。這些體貼的行舉，能讓自己的孩子舒服一點，自然想得到吧！

有時路程漫長，會看見禾妹垂頭喪氣的走著：「爸爸，好累，我走不動了。」

我知道她累了，便回應：「就快要到了，不然我幫妳拿背包好了。」禾妹把背包遞給我後，樂哥看可以減輕負擔之機馬上說：「我也要！」我頓時多了兩個背包，但看著他們又跑到前頭嬉鬧，恢復元氣，就讓他們的背脊解涼一下吧！走沒多久，哥哥姊姊看我背著岫岫，還拎著背包，就又自動取回了。

山上的大人，總是一路背著許多孩子的必需品，不時分神照顧孩子。當背包裡水和食物減少時，增加的卻是孩子體力下降後衍生的情緒和行為，心頭壓力不降反升，時而失去耐心。但這是帶孩子上山必修的學分，且沒有學分上限。

早年，我曾在跌至谷底時寫下：「改變心態是如此困難，又如此簡單。」所有糾結與解放的距離，只差在一個念頭罷了。孩子是我們生命的美好，親子關係永遠是最重要的。日常如此，爬山也應如此。

我學著《神在的地方》書裡的巴基斯坦挑夫催趕駝獸時「加嘍，加嘍」地吆喝，這方言是前進的意思。由於發音順口，岫岫也不時「加嘍，加嘍」地叫，隊伍又變得輕快有活力。

我大聲地說出心中的話：「我們還有好多山頭要走呢！」

禾妹沒頭沒腦地問：「誰去走，不是要回家了嗎？」

我拉著孩子的手說：「我們一家子一起走啊！」

山下肥皂劇，山上偶像劇

小時候，暑假時我常和大兩歲的哥哥一起參加夏令營。在家成天打架敵對的我們，在外卻會變得兄弟齊心，齊力攘外，當時我也說不上來，為何會這樣。那年連續劇《包青天》如日中天，每人隨口都能哼唱幾句片頭曲〈新鴛鴦蝴蝶夢〉：「昨日像那東流水，離我遠去不可留，今日亂我心，多煩憂……」而那次的夏令營搭著流行便車，就叫做「新單車蝴蝶夢」，顧名思義就是一直騎腳踏車。哥哥對於當時跨年齡參加的我，照顧有加，回憶一直像是悠悠的蝴蝶飛舞在腦海。

禾妹和我一樣，跟上面的哥哥相差兩歲，吵架時常是巾幗不讓鬚眉，是位正港的女子漢，尖叫和利齒更是她的獨門招式。三年後，岫岫出生，禾妹升級為姊姊，排行在中間，除了向上鬥，還須向下爭。

「哥哥，你那個板子不能分我一個嗎？」禾妹求助樂哥，希望也能蓋得像哥哥一樣厲害。

「不要，這是我先拿到的，妳還可以用其他材料蓋妳的城堡啊。」樂哥不願相讓。

「你一定要這麼小氣嗎？吼呦！弟弟你弄倒我的城堡了啦，你真的很討厭啦！爸爸……我不要玩了啦……嗚嗚嗚……」前一秒才被樂哥拒絕，下一秒就得承受城堡倒塌的命運。類似的戲碼常不斷上演，禾妹一把鼻涕一把眼淚地走來求救，吐著心中積聚已久的委屈。

在一般教養經驗中，中間孩子最容易被父母「忽略」，或是處於「聽大的、讓小的」窘境。每次爭吵，禾妹常處於劣勢，當然也是受傷最深的那方，我常看到她內心的小劇場不斷上演。好在，禾妹的性別不同，和兩個幼稚的臭男生比起來，總是多點獨特，讓身為父母的我們多些憐香惜玉的包容和疼愛。但吵鬧哭啼的戲碼，終究不斷上演，尤其是一家子關在車上的時候。

「哥哥，你的手可以不要放在我的汽座嗎？」禾妹氣急敗壞地說。

「妳位子那麼大，難道放一下都不行嗎？」樂哥不甘示弱地回應。

「請你們先管好自己就好，其他人爸爸媽媽會去提醒他。」前座的我已快按捺不住。

「弟弟，不要用腳弄我，我不喜歡。我已經說不喜歡了。」禾妹叫得越大聲，岫岫似乎越故意去捉弄姊姊，絲毫沒有顧慮到姊姊的感受。

爬山的路途再苦再累，最讓我惱火的往往是開車前往的路途上，孩子總能為了一丁點兒小事爭吵，為了碰到對方，為了冷氣的方向，也為要聽哪一首歌，以及能不能開口唱歌，下車時選登山杖時又會再吵一次。「深呼吸，深呼吸，再忍耐一下就好了。」我提醒著自己，並努力控制。

我們開始走在步道上，山林似乎有種魔力，能讓孩子啟動有別以往的行為模式，和互動關係。禾妹開始不斷用娃娃音說話，糾纏樂哥。「我最喜歡哥哥了，我想要和哥哥牽手。可以嗎？拜託啦！」禾妹笑臉盈盈地邊說邊搖著頭。

樂哥覺得妹妹幼稚、煩人，便假裝沒聽到，置之不理。但一次、兩次、三次、四次，攻勢綿綿不斷。樂哥原本酷酷的表情轉為靦腆，然後堆滿笑容地說：「好啦好啦。妳不要再講了啦。」

這種「迷妹模式」，看似荒誕、呆萌，卻非常管用。畢竟誰抵擋得住可愛妹妹的撒嬌攻勢呢？爬山時，兄妹倆開始特別關愛對方，像情侶般牽手搖擺，邊走邊聊。哪兒有漂亮的花、特別的景，都會和彼此分享，還會幫對方從背包裡拿水壺、分享點心等等。拍照時，更是不能放過。「我哥哥好帥，我要抱抱。」禾妹展開雙手，用小碎步逼近樂哥，想當然耳，樂哥還是無法招架。

山頭上，一叢一叢淡紅色的酸藤花攀在上頭，像是浪漫的粉紅色泡泡。提早爆開的莢果落下如大蒲公英的種子，隨風散著。禾妹向樂哥使用浪漫招式，對岫岫則是「母愛大爆發」模式。禾妹會把岫岫當小寶寶看待，耐心呵護，自己飾演保母或是大姊姊。

「岫岫來，姊姊牽，這個姊姊幫你拿。」禾妹幫岫岫瞻前顧後。

「弟弟不行哦，這樣危險哦……」禾妹面對岫岫，並帶上手勢說明。如玩扮家家酒般，岫岫也樂在其中，配合演出。我和媽媽常看得哭笑不得，儼然孩子的爸媽不在現場，她是弟弟唯一的依靠，只差沒有把弟弟像布偶一樣搖啊搖而已。我們任由他們繼續，只要他們三兄妹不吵不鬧，我們樂得輕鬆。

我隨手摘下一片毛茸茸的構樹葉，黏在樂哥的胸前，像是裝飾品。禾妹看到後叫著：「是構樹！是構樹！」也摘了一片貼在胸前。他們發現同樣是摘自同一棵構樹，形狀卻大不相同。我說明，構樹在年幼期的葉片，常成三裂或五裂的鳥趾形，為的是讓位置低矮的葉片間能分享陽光、互相照顧，使光合作用更有效率。而長大成熟的構樹，葉片則多成卵心形，但依然會因受光環境不同，而有不同形狀的葉片分布。這也造就構樹生長快速、適應力強的特性，所有山頭都可見其分布。

我們走在回程的路，接近終點。黃昏時分，陽光下落前依舊熠熠閃耀，斜下的角度剛好刺眼，天邊雲彩各自渲染，此刻的天地氣息不得不讓人臣服，非得要灼著眼才能看見她的美。

樂哥像台小火車興奮地順著陡坡衝下，愛玩又傻愣的岫岫便跟著衝去，我和媽媽大聲制止，禾妹馬上上前阻攔，樂哥也回頭查看，一前一後防止岫岫跌跤。接著，兄姊弟三人牽著彼此的手，走在前頭。相連的背影，像構樹，模樣不同卻彼此包容，展現旺盛的生命力，傳遞血濃於水的情。

我與孩子最親密的時刻

岫岫加快了幾步，擋在我面前，我知道他要討抱了。走在前面的禾妹，發現我抱著弟弟，拗著脾氣說：「好累，我走不動了啦。」

我知道禾妹在吃醋，想和岫岫一樣被我抱著，我看前面都是平路，索性也把她抱起，兩人體重相差不多，一左一右坐在爸爸手臂上，像坐轎子喜孜孜地笑。撐了一會兒，我告訴禾妹：「爸爸的手沒有力氣了。」她坦然接受，畢竟她不是走不動，而是想要我們也在乎她。

我想起美國心理學家曾進行過「恆河猴實驗」，實驗者將出生不久的小猴子單獨關在房間，並設置兩隻假的母猴，一隻是絨布材質，另一隻則為鐵絲製成並在胸前裝有奶瓶。實驗發現，大多數的時間小猴都依偎在絨布母猴身上，只有肚子餓時，才會去鐵絲母猴身上喝奶，喝完又會馬上回到絨布母猴懷裡。

三個孩子出生時，我都在媽媽身邊。嬰孩由產道被擠出，第一口空氣進入胸腔，便開始聲嘶力竭地大哭，哭到手腳顫抖揮舞。護士快速且熟練地為孩子清理、檢查，測量體重、身高，然後把孩子放回媽媽胸口，這是孩子與母親第一次的親密接觸，孩子馬上平靜下來，三個孩子皆如此，沒有例外。媽媽溫暖的胸膛穩定地起伏，孩子似乎知道這節奏、氣味和之前羊水相同，來自同一人，禾妹當時甚至還抬頭望向媽媽，媽媽的臉上布滿汗水和淚珠，多麼光榮的時刻啊！從此之後，我們與孩子產生密不可分的連結。

擁抱是多麼親密的舉動，傳遞著無法用言語或物質取代的感受。回想小猴實驗過程，近乎殘忍。實驗者如想了解動物對於渴望擁抱和食物需求之間的行為差異，似乎能用其他方式推論而解。孩子出生至今，我們鮮少使用嬰兒推車，我和媽媽很自然地覺得孩子應該和我們緊密地在一起，背著孩子雖疲憊負重，但更希望孩子可以倚靠自己，貼近自己，感覺溫暖，感覺被疼愛。

岫岫出生前，有次我們走在沿溪流鋪設的步道上，步道隨著山勢起伏，溪水時近時遠，潺潺的水聲悅耳動聽，我看步道岔口應可親水，便抱著禾妹走去。禾妹看著水中黝黑的魚身入迷，我想近些，挑個好位置，便踏向前方深綠的溪石，腳一滑整個身體傾斜倒入溪裡。我雙手沒能支撐身體，只護著禾妹的身體和頭部。爬起後一身溼，好險禾妹只是嚇著，驚恐不已，我安撫著她，向她道歉。回家後，我看著自己腫脹的腿骨，回想跌跤的瞬間，根本無法思考，只能憑本能反應而行，照顧好孩子，早就是心底最重要的事了。

因為常帶著孩子往山上跑，所以我開始使用登山背架。雖然重了些，但良好的揹負系統，走起來舒適且方便，像是背著登山背包一般。此外，座艙設計也能讓孩子坐得挺，不致悶熱，更可外加遮陽罩和雨衣。我常把點心盒卡在頸後提把的位置，乘客便能恣意享用點心，好不愜意。

隨著岫岫一瞑大一寸的速度，半年後背架的使用率逐日下降。活潑好動的他，體力旺盛時根本不想被束縛，常要等到回程有睡意時，才甘願坐上。背著沉甸甸的岫岫，我不得不將身體稍微前傾，背孩子的父母常被稱為「駝獸」，一點也不為過。轎子晃啊晃，嚼一口點心，咀一口水，眼前的景色漸朦，雙手往兩側一攤，乘客酣然入睡。前半場背著空蕩蕩的背架，似乎有了理由，就等這一刻。

已出發約三小時，岫岫在我懷裡揉眼睛，我推測大概想睡覺了吧。我卸下背包調整，準備點心，好讓他甘願入座。但他咿咿啊啊地叫著，像背架長滿荊棘，完全不想接近。

我換上他最愛的餅乾，想和他協商：「坐著就可以吃小熊餅乾囉！」他似乎更為生氣，手指著餅乾，卻不願妥協。我蹲下來看著岫岫，持續對峙，他已哭紅雙眼，鼻涕、眼淚摻雜著口水滲入衣領。我每提到坐上背架，他就跺一次腳，再發出一些「嗚嗚嗚」聲音，埋怨我為何堅持要他就座呢？

等得不耐煩的哥哥姊姊，已和媽媽前行，獨留我與岫岫在原地。綿綿細雨持續飄落，蛙鳴嘶吼，像岫岫的代言人，牠們似乎最愛這種天候。我拿溼紙巾幫他擦著臉，讓彼此都緩一下。我找不到一定要他入座的理由，不過是想讓已背三小時空背架的自己，有台階下吧。

我問他：「抱抱好嗎？」

岫岫點頭說：「嗯，抱抱。」

我收整背包和物品，背起背架再抱起他。他指著小熊餅乾，我請他保管，他一連吃了幾個，我張大嘴巴，他也餵我一口。

天色漸開，蛙鳴換成鳥叫，雨珠還停在葉上，等待谷風將它吹落。雨停得正是時候，剛才的事兒像是沒發生過。我和岫岫說話，聆聽大自然樂曲，找找唱歌的鳥兒在哪裡？或是學牠們唱幾句。前方出現哥哥姊姊的身影，岫岫想要探索的靈魂又跑出來了，跑上前執意要和媽媽、姊姊牽手，恢復正常狀態。

我慶幸自己放下堅持，穩定地處理，好讓當天的行程能順利走完。對年幼的孩子來說，面對自然多變的山徑，不論累了餓了，或是缺乏安全感，大人都是他唯一的避風港。至於船泊港中在何處，就不那麼重要了。

孩子終將離我們遠去，只是時間未到而已。我想起作家龍應台在《目送》裡的一席話：「你和他的緣分就是今生今世不斷地在目送他的背影漸行漸遠，你站在小路的這一端，看著他逐漸消失在小路轉彎處的地方，而且，他用背影默默告訴你：不必追。」

從小到大，我們家人出門行經社區中庭，在下最後一段樓梯前，總會回頭對窗內的家人揮揮手。長大後，每次孩子和爺爺奶奶在馬路口告別後，順利穿過馬路的人總會回頭，與在原處目送的家人再揮一次手。這是我們家的默契，是不願讓留在原地的人只留望著背影的思念，是不願獨行的人忘記背後家人的眼光。

想著想著，看三個孩子走在前方，不知道自己已經多久沒抱著哥哥姊姊了。好想永遠抱著孩子走，走在無盡的山中，這是屬於我與孩子最親密的時刻。

沒有妳，我們到不了這裡

妳搓揉著被磨疼的腳踝，說：「大概不合我的腳吧！」我蹲下，幫妳再重綁鞋帶，墊著衛生紙，不然等會兒想必就會搓出血漬了。孩子也察覺妳的異狀，禾妹過來關心：「媽媽妳還好嗎？」我解釋狀況。為了避免摩擦，妳用著不自然的步伐代償，連腳背也開始發疼。我想找根枝幹充當登山杖，但不是長短不合，就是已潮溼朽爛，終於挑到一堪用的木頭，只是略為粗大，妳走一步，便將棒子向前甩去，頗有武林架式。

身為媽媽的妳，貨真價實的不愛運動，也談不上熱愛戶外活動，但妳天生四肢細長、手腳靈活、協調性佳，中學時負責大隊接力最後一棒的妳，從不輕易大顯身手。這幾年，我們一起遊山踏野，且頻率陡升，妳都能配合。妳說：「讓孩子多接觸大自然，我覺得很好。」

我想起登山作家黃福森，曾在《帶孩子一起。爬山！在山林中找到親子間的愛與幸福》裡寫：「只要有喜歡登山的母親，親子登山就算已成功了一半。」有喜歡自然的妳，我想我們已經很幸運了。

有時我一股腦兒說著我的規劃，而妳聽完後一記白眼，說明著：「這不可行，計畫再去修改修改吧。」妳負責計畫審查及安全評估。雖然鮮少提供行程建議，私下卻縝密地思考行程是否適合孩子。當我在隊伍前，妳一定墊後，反之亦然。我們很有默契地補位，讓孩子在我們的看顧範圍內。

我和禾妹走在隊伍的最後，石階沿著山巔起伏，陡上的視角看到的是淡藍的天而不是路，身後盡是廣闊的視野。石塊砌成的階梯，超過禾妹小腿的一半高度，走起來很是吃力，她痠軟的膝蓋輕微搖晃。

禾妹喘著問我：「爸爸，爬山，有什麼好處？我們為什麼一定要爬山？」

我蒐集腦袋中的訊息，像教科書統整：

「可以看看大自然是什麼樣子啊。」

「漂亮的風景會讓心情變得很開闊，就不會為了小事生氣了。」

「還有還有，妳會發現原本以為爬不上來，最後卻成功了，原來自己這麼棒……」

山頂的涼亭，並非周圍群峰裡最高的，但有著三百六十度的全景，還能望見海，天海綿延豪壯，讓人心胸坦然無盡。我們上到涼亭二樓休息，點心搭美景，連白開水都變得微甜。

突然，聽見馬達高速運轉的聲音，在四周圍繞，原來是山友帶來的空拍機，忽左忽右，比蒼蠅還擾人。孩子好奇察看，追蹤，當空拍機消失在涼亭的正上方時，禾妹撐著圍欄往上探，雙腳懸空，身體極不穩定，我趕緊嚴厲制止。我的確嚇著了，便把我驚嚇的情緒轉成責備，發洩在禾妹身上。

妳察覺異狀，出來緩頰，撫著哽咽的她，我則到涼亭另一側望著遼闊的美景，感受和前幾分鐘相比，完全變調。我想著剛剛上山時，對女兒解釋爬山的好處和意義，有些慚愧。

禾妹跑去找樂哥，而妳轉來關心我：「沒事了，我知道她這樣很危險，但提醒她就好了，她還在學，學習知道怎麼樣會危險……」我沉默，嚥下失態的自己。

曾以為我一個人就能帶著三個孩子上山，我們確實也這樣爬了數次，但我真的感謝妳在我們身邊，照顧我，甚至更勝孩子。我從沒想過在山上，我其實也是需要被照顧的，一次也沒有，更沒想過我可能成為不穩定的因素之一。「還好有妳，還好有妳。」反之，很抱歉，我鮮少關心山上的妳。只覺得妳體力一定比孩子好，孩子若行，妳一定沒問題。

妳提著便利商店的塑膠袋走在前頭，裝著剛買的點心和飲品。我每次都要妳把東西分裝在我們的背包裡，但妳從來不肯，妳說提著沒關係，這樣方便。我拗不過妳，妳也從不就範，所以妳就像從傳統市場回來一樣，掛著一只塑膠袋。

孩子到妳那，吵著要點心。收拿間一不小心，餅乾散落一地。

孩子問：「怎麼辦，還可以吃嗎？」

妳笑著答：「去給爸爸吃。」

樂哥和禾妹賊賊地跑到我這，齊說：「媽媽說要給你吃。」

我驚訝地回：「這麼好。」然後張著嘴，供他們餵食。

禾妹笑得露餡，樂哥說：「那是掉到地上的。」

我慌張停滯，續問：「掉到地上有三秒嗎？聽說三秒內還可以吃喔。」

禾妹笑得合不攏嘴說：「剛好三秒。」

樂哥則說：「應該有十秒吧！」

我歪歪斜斜地中毒昏倒在樹幹上，孩子大笑，又拉又捏，絲毫不顧病人的安危。

路徑由上轉下，可俯瞰到遠處的林相，整齊地圍成弧形，我們就快到了。一抹藏在山中的湖水，總讓人有著許多想像，像顆鑲在深山裡的鑽石，透亮無瑕映著山勢倒影，風吹出水紋，油彩暈散，幾秒後又成鏡面。山嵐時而飄入，像素白面紗後的少女，藏著心事。聒噪喧鬧的我們，也被湖水靜謐的氛圍感染，水鳥悠悠地叫，我們循聲而視，卻找不著。無妨，我們知道牠在那兒。

如果我是山，妳就是我山裡的一澤湖水，動物傍水而居，而妳孕育孩子。不論山雨雲霧，不論湖面是否平整，妳都能映上我的心頭。池底藏著我們一家子的故事，富饒的泥沼，滋養立立而生的挺水植物，一叢叢，像是生命不同的章節。即便枯水期，即便嚴寒酷暑，改變了樣態，鑽石依舊堅硬。

我轉頭看妳：「謝謝妳，沒有妳，我們到不了這裡。」

貳、山育志

堅持的意志

走在必須努力的路上

走在林間，常常就是這樣平淡地走著，沒有遼闊的展望，沒有潺潺的溪流，有時連風都沒有。像是馬拉松比賽，總有一段枯燥乏味的過程。這時最好的方式，大概就是將腦袋放空，專注於身體和感官，吸滿空氣、踏穩腳步，眨眨眼睛再看，滿滿的綠意，在頭頂，在身側，在腳底。

樂哥走在前方不遠處，爬山時，已不太需要我關照。如猴山岳的攀繩路段，他都能自行完成，並樂在其中，體力已和爸爸不相上下。有時，甚至可幫忙負重，或是照顧弟妹，散發成熟帥氣的氣質，和在家中幼稚躁動的模樣相比，判若兩人。

我常怕他走太快，叮嚀：「你可以走在前面，但要讓我看得見你。」在轉彎處，或是下階梯前，樂哥都會停下來等我。這是我們的約定，也是安全守則。他可以自己控制行進速度，或是在較難的關卡上上下下，前提是必須在大人的視線範圍內。有時樂哥回頭看我，等著我和他對上眼，好似確認我們之間的線是否穩固，讓彼此安心，再繼續走下去。

路徑鑽出樹林，金光配著藍天映入眼中，兩側植被轉為受風的竹和草。這時，樂哥已停在轉角等我幾分鐘了，但我疲憊不堪，他得再等一下。我在他面前低頭喘氣，沒力氣抬頭看他，寒風吹著我發熱的前額，汗珠依舊滴滴落在地上同一個位置，溼潤了原本乾黃的泥土，我持續喘著。

我說：「你可以先走，要和妹妹走在一起，這裡只有一條路，不會迷路……」我挺直腰桿，然後從岫岫的坐墊底下，抽出一個厚重的保溫瓶，請他幫忙拿。

樂哥疑惑問我：「為什麼要帶這個啊？這很重耶。」

我笑著說：「給你幫忙拿，到山頂上就知道了。」

我想起《少年小樹之歌》，爺爺曾對小樹兒說：「在認輸的時候，最好先確定自己有沒有盡了全力。」那是我小時候鍾愛的一本書，內容描寫小樹兒跟著祖父母住在森林裡的故事。流有印地安血液的他們，與生俱來能了解樹的靈魂、風的言語和鳥的歌唱，用細密的感官聆聽森林的呢喃，以堅強的心靈克服野性的考驗。

我冷靜地評估自己的狀態，呼吸、心跳、肌肉、關節，「我還有力氣，還可以繼續。」

小時候，我很擅長長跑，四年級開始參加全市國小組的越野賽跑，比賽都選在芝山岩舉行，距離則是馬拉松的十分之一，也就是四．二公里。每個周末爸媽陪我在政大的後山練習，起初他們開著車帶我認識路線，然後由父親陪跑，久而久之，我便開始獨自完成。長跑的孤獨，只有跑者才能理解，那是與自己的漫長對話。聽著自己的呼吸節奏，那也是心靈與身體互相打氣、彼此相信的開始。

面天山後段陡上的石階，兩側芒草搖曳生姿，錐形的山體，視野極佳。我安撫背架上些許不耐煩的岫岫，手不自然地向後扭曲，遞上水和餅乾。然後發現，樂哥又在前面等我了。我有些驚訝，問他為什麼不先走呢？他說沒關係，似乎知道爸爸狀況不太好。

「你有看到旁邊的芒草嗎？」我隨口問他。

「有啊，很美。」

「爬了這麼高，回頭看看，可以看見什麼？」

「可以看見你啊。」樂哥笑咪咪的，露出缺牙的兩個洞。

在山上，孩子一句話，讓人暖心。我微笑看著他，自己喝口水，然後深呼吸幾次，頓時充滿精力。「有孩子陪著，怕什麼呢？」心情輕鬆不少，腳步輕盈些許，山上的景致不再與我無關，越往上風勢越大，芒草向前彎呀彎，像是拔河隊旁的加油團，不斷用身勢傳達熱情。跟著幾次「一二剎！一二剎！」的節奏，穩步前行，山徑已到盡頭，看見了巨大突兀的反射板聳立在山頭。

孩子浸在登頂的歡愉中，跑跳環視，徜徉在遼闊的天色之下，一股豪情熱血聚於胸膛，自信，成就，這就是登頂最好的禮物吧。我回想剛才，若太過心急，飆高的心率將打亂行進節奏，肌肉也無法休息。若畏懼、猶疑、裹足不前，更無法到達這裡。每次成功，便是身體與心靈相輔相成的結果，不禁感謝起自己剛才的努力。

孩子們專注地看我將熱水注入泡麵中，我像是法式主廚，自信地表演廚藝，只是面前只有兩杯泡麵。熱呼呼的白煙不斷竄出，剛好盛滿，不多也不少。

禾妹忍不住說：「好香喔，好像很好吃耶。」

樂哥補充：「我剛剛看到熱水壺，就知道爸爸要煮泡麵了。」

孩子飢渴地分食，三兩下便吃完，我把最後的湯汁喝盡，連貼在碗壁的小肉屑和魚板都不放過。日後，這也是他們回憶中，最好吃的泡麵了。

下山時，視角俯瞰，美景盡收，腳步輕快，像是已吃完綠豆湯裡的綠豆，喝下甜美的湯汁一般。但湯汁一下子就喝完了，我們又回到樹林裡。山上的天暗得快，光線轉為幽暗。

禾妹看著眼前的路說：「怎麼又要往上啊？不是已經走完了嗎？」

這是來時快速衝下的路段，我們似乎都忘記回程時還得重新面對，比起直上直下的路程，時上時下更磨練著心志。

整修步道的人員已下工，幾輛維修車開著大燈逼近。我們不得不靠邊讓路，林間留下令人作嘔的廢氣，揮之不去。山，宣布著營業時間已過，遊客們請盡速離場，只是出口遙遠，始終不得見著。

禾妹三番兩次地說：「怎麼還沒到？我走不動了啦！」

我告訴她：「如果我們今天走的路程是數字十，我們只剩下二囉。」

禾妹賭氣：「我現在就要休息。」根本不想理會我說什麼。我蹲下來，拿溼紙巾幫她擦擦臉，也稍微補給一下。我想她真的快精疲力竭，少了上山時的衝勁，回程的路更令人難熬。我思索：「若停留休息，光線只會更暗，很快就會看不到了。」

等她冷靜下來，我一字一句地慢慢說：「我知道妳很累，每一個人都累了，但我們今天有一起爬到山頂，真的很厲害。如果沒有向前走，就永遠到不了家。妳再走一小段試試，走不動我會抱妳。」

我開始輪流抱著岫岫和禾妹，但誰都想被抱久一點。於是「前方的樹」、「到前面轉彎的地方」、「走到那塊石頭」變成交換位置的標的。雖走得慢，但一旦開始努力，就不再那麼畏懼。我們盡量聊天，搞笑嬉鬧。這是一段必須努力的路，沒有光，沒有風景，只有我們。

冬季的夜來得特別急，天色介於藍與灰之間，輻射冷卻後溫度跟著下降。突然，走在前方的樂哥指著步道邊堆砌的紅磚說：「快到了，我記得這邊。」沒錯，我記得下午他們曾歪歪斜斜地踩在這處磚頭上，真的快到了。我們歡呼，我們喝采，然後相視而笑，因為快到家了。

回家的路，沒有攻往山頭的期待，進門也無眺望大景的興奮，但那是安全敦厚的堡壘，熟悉的氣味讓人放鬆，回憶伴隨溫暖。辛苦半天，家在心中的重量似乎增加了一些。

回想，我們逼著孩子堅持下去，也有些殘忍、不捨，但經過這些「必須努力的過程」，孩子才會知道他自己是多麼棒的。這些成功經驗，都會成為未來的養分，成為更堅強的心志。

愈想愈困難，愈做愈簡單

在教育心理學中，常提到孩子自然賦有向上學習的驅力，也就是當他完成一樣任務後，會想主動挑戰更難的層級。像是玩桌遊「塞車時刻」（Rush Hour，在有限空間的遊戲板中透過滑動讓車輛脫困），孩子把冰淇淋車開出車陣後，會急切換上更難的題目卡，繼續挑戰。這也像是打電玩遊戲，一關比一關難，孩子依然可以越挫越勇，不斷打怪晉級。

其實爬山也是，但更複雜的是每條路線的組成，包含距離、起伏、路況、溫度、溼度等部分，很難直接用消耗多少卡路里來訂定難易程度，而將每個部分排列組合後，形成獨特的品味。甚至，有些意外插曲，如在遊戲中撿到寶物，能提高經驗值或是戰鬥力。帶著孩子爬山久了，不難看見孩子在耐力、技巧、情緒等項目中，不斷地自我挑戰。

若攀繩登岩的路線像是汽水入喉一樣刺激，走在古道上則像是喝老人茶，甘醇順口，越喝越香。但當腦中只想著汽水時，再好喝的茶，喝起來也索然無味。

禾妹抱怨著無聊，有氣無力地前進，我則預告她一會兒就會有困難路線了。

「需要拉繩子嗎？有攀岩嗎？」她好期待，面對更難的關卡。

眼前出現幾塊大岩石紊亂堆疊，崢嶸並立，挑戰要開始囉！我鼓勵她爬上岩石翻過，而不是沿著縫徑繞過去。她手腳並用順利地爬過，還有些傲氣，只能算是小試身手。接著，馬上看到巨大無盡的安山岩壁擋在面前，岩石的背脊上架著鋼釘和拉繩，還有一拳拳被打凹的踩點，路線單純直上，但迎風裸露挾帶著恐懼。

禾妹猶豫著，沒有移動腳步，我想給她一些時間，沒有催促她，看她能否自己跨出第一步。她上下打量幾回，最後回頭看我，想尋求幫助。

我說：「妳記得《愈想愈困難，愈做愈簡單》裡的小蜘蛛嗎？」

她回答：「我記得啊，牠不敢做蜘蛛網。」

我繼續說：「沒錯，牠剛開始想很多，很害怕。但很多事都沒有想像中那麼困難，只要勇敢地開始。」

她用舌頭舔了舔嘴巴，轉回身子面向著岩壁，我知道她正在思考如何開始，而她正這麼做了。

禾妹個子小，架繩的位置比頭還高，拉著繩索反而不好施力，重心容易偏移，我請她像蜘蛛人一樣貼著壁面上爬，安山岩的壁面粗糙，和鞋底產生很強的摩擦力，禾妹身手矯健，越爬越順手。光線射入岩壁凹凸的肌理中，岩石含有的石英成分，微微閃爍著光點，隨著上爬改變位置，小光點若有似無，一閃一閃，像一盞盞微弱的閃光燈。

大冠鷲盤旋在不遠處，「悠啊，悠啊……」地叫著，乘著氣流翱翔，不需振翅，只監督著壁面上人們的表現。壁面一片接著一片，回頭俯瞰斜插而下的岩壁，遠比埋頭上攀更加恐懼。我叮嚀禾妹不得大意，背在懷中的岫岫，異常安分。

「怎麼還有啊？」禾妹有些氣惱，我想應該不是力氣用完，而是堅強的勇氣快耗盡了吧。

走在岩壁上十分鐘，就像是走在步道上一小時。我們暫緩歇息，我對她說：「妳剛剛走得很好，應該快要到了。妳看我們已經爬了這麼高了。」

小時候爬山，下山的人總會說：「小朋友，快到了快到了。」「加油，再轉個彎就到了。」我幼小的心靈總以為真的快到了，走得又氣又累，相信前面就是最後一個彎了。能在路程中轉換心境，成為最重要的事。我和禾妹分享著，如果將身體比擬為汽車，剛剛吃下的點心便是汽油，肚子是油箱，心臟是引擎，輪胎是我們的手腳，今天車子開在岩壁上，只要再向前開，就會到達了。

十八世紀，西方山界掀起一波波在險惡地形中追求「崇高」的風潮，「歡暢的恐懼」、「駭人的愉悅」，人們所感受的不單純是風景本身的特質，而是我們加諸於眼前的想法、經驗，來理解風景的形式，《心向群山：人類如何從畏懼高山，走到迷戀登山》的作者羅伯特．麥克法倫如此描述。我們並非一味地鼓勵孩子去挑戰危險，而是相信孩子有保護自己的能力，且能展現更專注、謹慎的行為。

在兒童發展學中，研究人員利用「視覺懸崖」實驗，發現嬰兒能本能地察覺危險並改變行為，停在看起來像是懸崖的玻璃地板前。在可預期的危險範圍內，我們鼓勵孩子去嘗試，勇敢跨出心中想法的邊界。

風為岩壁的縫隙間帶來了土壤，飄來了種籽，然後沾上雨水，於是多數的縫隙中，開始長出低矮抗風的植被。一棵約三公尺的枯木，孤傲佇立在岩壁上，崩裂的樹幹，焦黑斑駁。

我們觀察著，禾妹推測：「應該是被閃電打到吧！這裡，和這裡都燒焦了。」我表示同意，而且應有好一段時間了。

但能怪它長在這裡嗎？從眾雖安全，卻無法展露自己想要的模樣。死灰彎曲的根沒了生命，依然緊鎖著岩縫，甚至撐裂了岩面。「好壯烈啊！」我心頭惋惜。

小蜘蛛一旦開始結網，再繼續總會比較容易。禾妹的小引擎不疾不徐地燃燒，車輪在動與不動之間尋找最大的摩擦力，翻上最後一片岩壁。如果適應枯燥乏味的步伐，成為必須努力的習慣，躊躇、畏懼的關卡便成了鍛鍊意志的機會。

山頂的氣息，因為努力的歷程，而有了不同的感受和意義。隨處搖曳枝葉都顯柔美，一絲絲微風都能讓人微笑。憶起小時候，我和哥哥常陪媽媽，在天濛濛亮起時，走圓通寺旁的國旗嶺步道，一路兄弟倆爭相踩著山徑間裸露的樹根和石頭，聽著聒噪的鳥叫聲，很快就到達山頂。清晨山裡的空氣特別清新、涼爽，我會大吸幾口，感受日月精華經過鼻腔，充滿肺部，想像自己是武俠人物，已獲十年功力。這些感受簡單且美好，保存在腦海中三十餘年。

返家後，禾妹一見到媽媽和樂哥，便滔滔不絕地說著今天的挑戰：「那個岩壁那麼高，那麼高，我像蜘蛛人那樣爬……」舉手投足滿是成就和興奮，樂觀地忘卻一路上的困難。

禾妹問：「我們下次可以帶哥哥和媽媽一起爬嗎？」

「當然可以啊。」

聽見我回答，在旁又叫又跳。我想著繪本裡小蜘蛛的第一張網，線條歪斜，間距甚大，一隻小蒼蠅輕易地便安全穿過，根本捉不到食物。但我們都相信，第二張、第三張網，定會越來越好的。

勇氣是帶著害怕前進

樹梢間傳來「喵喲……喵喲……喵喲……」的叫聲，是紅嘴黑鵯，布農族的聖鳥。傳說遠古時代，有次大洪水來襲，澆熄了族裡的原火。族人沒火可用，生存困難。這時，紅嘴黑鵯飛進火焰中，將火種取回，不只全身被燻黑，爪和喙也被燙紅。為感念紅嘴黑鵯，歷代的布農族人都會教導孩子須恭敬地對待牠們，也不能對牠們指指點點。

我站在岩壁邊緣，上方的紅嘴黑鵯依然不停地叫，聲音聽起來更像是：「跳……跳……跳……」催促著。我直視前方，大力往前一躍。一瞬間，耳邊盡是隆隆隆的入水聲，沒入水中的時間，遠多於在空中的瞬間。

我的身體繼續下沉，速度漸緩，眼前散著被我擠壓入水的氣泡，不斷地想回到屬於它們的水面上，四周圍繞著混濁的水色。

我已停止下沉，處於靜止的狀態，我朝著透亮的水面望，看見樂哥正在踢水，我踢著腳、划著水，朝他浮去。一出水面，耳朵又聽見熟悉的聲音：水流、蟲鳴、人語……，雖然只有幾秒鐘的時間，卻像是去了趟水底的世界。

這處溪水原是朝著山壁衝去的，雖然水流不深，但卻閃耀著金光，源源不絕地向前流去，像是要和岩壁互相較勁。但岩壁擋住去路，溪水只能負氣急轉，年復一年地在岩壁底下侵蝕成一處深潭。這是個天然的跳水場，挑戰著水性與勇氣。

兩位大約小學中高年級的哥哥，不斷重複挑戰著。同樣是黝黑發亮的膚色、性格不拘的長髮，站定在高處後，他們會像跳水選手一樣舉手，示意即將入水。幾秒的安靜，吸引眾人目光，呼吸暫停，時間彷彿凝結。下一秒，選手以張牙舞爪的姿態在空中鬼吼亂舞，濺起底下連忙逃竄的水花。

第二位選手，年紀較長一點，風格迥然不同，動作敏捷流暢，沉著內斂，更顯吸引力。舉手示意後，隨即果決地筆直插入水中，一氣呵成，毫不拖泥帶水。

「好享受啊！」我心中不禁羨慕起，這樣恣意在山中遊玩的童年，以山水為伴，自由奔放。

待他們休息時，我上前和他們攀談，並詢問跳水需要留意什麼。他們直爽不吝分享：

「上面有點滑。」

「要往前跳一點，才不會撞到下面的石頭。」

「也不要跳到旁邊去。」

在他們深黑的皮膚下，牙齒更顯潔白純真。後來得知，他們也是從山下來玩的，只是非常喜歡這裡，所以周末經常來玩。

我邀請樂哥出發挑戰，他一口答應。我先戴上蛙鏡，潛入潭中，仔細地打量水中地形；單純的下凹走勢，水潭的深度比岩壁的高度多了許多，能感受到一股渾厚猛烈的力量，藏在平靜的水流之下。樂哥的水性不錯，我還是堅持他穿上救生衣。

我和樂哥游向深水區，到對岸後開始上攀，岩壁幾處溼滑，我隨手抓著一處植物借力，沒想到莖幹竟帶著刺，我一抽手，一段棘刺已插在指腹。我顧不得刺痛，連忙托著樂哥的臀部，怕他下滑。幾個破碎的岩片，隨著我們的動作剝落。爬得越來越高，手腳便有些僵硬，我們謹慎地到達約四米的跳水位置，站立的位置很小，恐懼的感受比預期還要強烈。

腦中想起繪本大師賴馬，在《勇敢小火車》裡曾寫著：「勇氣，是帶著害怕前進。」小火車卡爾，代替媽媽擔任送禮物的工作，穿越森林、隧道、跨海大橋，一路念著媽媽教他的「勇氣口訣」，克服恐懼，完成任務。面對恐懼，並非不會感到害怕。

此刻，心靈需要比軀體還要堅強，除了相信自己的身體可以完成外，得要跨出心裡的界線，勇敢跳出去，其他的都會在掌控之中。我在樂哥身後，大聲數著一二三準備讓他先跳下：「一……二……」，三還沒說出口，我看他怯生，趕緊把他抓穩，深怕他跳得不夠遠，撞到下方微凸的山壁。再次提醒他：「要往前跳。不要往下看，往前看就好。你可以做到的。」

樂哥站穩腳步，雙腳一前一後地微彎，像是起跑前的準備。然後，奮力跳出，入水，隱沒，再浮起。他在下方得意地揮手，慶祝。前後只經歷數分鐘，他靠自己的力量，完成了挑戰。此後，淙淙的溪水變得更加清澈透涼，山色蓊鬱如畫，豆娘嫵媚起舞，這一刻開始，世界彷彿變得不一樣了。

溪床粒粒大小不一的溪石，被溪水沖刷得潔淨光亮，閃著各自的顏色。孩子們將石頭一圈一圈疊成池，想圍捕池中的魚兒。但石頭間隙過大，魚兒一溜煙便從底下鑽出。

我在一旁撥弄著嵌在皮下的棘刺，雖不是什麼大痛，但指頭下的神經細密敏感，仍感陣陣刺痛。我用指甲又推又掐，越想將刺推出卻往裡插得更深。

孩子發現問題後，便提議用泥沙來填補缺口，讓城池變得密不透風。一隻無處可逃的魚兒，在兩三雙手的圍堵之下被撈得正著，靜靜躺在掌中淺淺的水中。孩子得意地展示戰利品，下一秒「噗通」一聲，魚兒已消失在溪水中。

樹頭上的紅嘴黑鵯又出來唱歌了，「喵……喵……喵……」像貓兒的哭聲，安慰著孩子因為小魚逃走而失落的心，又或是替我紅腫滲血的手指發出哀號。雖無立即處理之必要，但如鯁在喉，好想速戰速決。我緩緩地推了推，棘刺好像凸出了一丁點兒，我讓皮肉恢復彈性，再慢慢推。我彷彿又聽見小火車卡爾嘟嘟嘟的鳴笛，念起他的勇氣口訣：「一二三四五六七，慢慢呼吸別慌張，巨人騎士鐵金剛，我是不怕小勇士。」棘刺終於一點一點地被推出，糾緊的心逐漸放鬆。

由於傷口不大，我讓指頭在溪水中冰鎮，一絲血漬馬上消失散盡。原以為有勇氣便足以面對挑戰，但小小的棘刺提醒著我們，莫忘謹慎觀察和反應。小小的魚則告訴我們，在危急時更需沉著應變。山林教室中，每個環節，都值得細細品味。小體悟，也可能藏著大道理。

接受意外

山一直都在，下次再來吧

天頂傳來了一陣陣悶雷，空氣溼重得讓人喘不過氣，雨終究還是下了。我們倉皇躲進簡陋的工寮前，幾張積滿灰塵的沙發，沒有人想靠近，只能站著發愣，開始餵養等待多時變得勇敢嗜血的蚊子們。

屋簷前，雨水匯集後涓涓地流，孩子用手接著雨水玩，捧滿水後再用力向外潑。我則抬起登山鞋，讓雨水把沾附在鞋面的沙土給沖去。雨勢不大不小，但天面死灰，沒有任何想要趨緩的跡象。泥地上的小河，漸成一窪窪的泥沼。

我打了幾隻吸飽血的蚊子，但這鮮紅的血，不就來自我們一家子嗎？又氣又惱。我並非想挑戰「墨菲定律」，但真的是出門前一刻，我看完手機裡的預報，才把備用的雨衣從背包裡給取出。苦惱也於事無補，我估算回程大約半小時，即便衣服溼透還可以馬上上車不至於著涼。

我想起有次在酷暑之日撤退，那是剛開始帶孩子爬山的第一年，禾妹還背在胸前。我們想去山上避暑，結果山頭上烈日直射，毫無遮蔭，每個人都爬得汗流浹背。禾妹被背著搖啊晃啊，結果衣服也溼了一片，後來才發現是我的汗透著背帶滲了過去。

路程還剩三分之一，我們坐在平台喘息，我看著樂哥咕嚕咕嚕的把水壺裡的最後一滴水喝完，還想再喝。我對媽媽說：「撤退吧！」脫水中暑可不是鬧著玩的。

一隻年輕的麗紋石龍子從草叢中竄出，擺著幼體獨有的豔藍尾巴，鱗片閃著光，耀眼奪目。沿路上石龍子不時出現，雖然知道不可能是同一隻，但卻像替我們送行，不斷露臉，搖著藍寶石般的尾巴說：「我們在這裡等你。」

「是因為天氣因素撤退，還是因為準備不周，未帶雨具或足夠的水呢？」我心裡衡量著。我們為孩子罩上僅有的風衣，埋頭出發！

「淅瀝淅瀝，嘩啦嘩啦，雨下來了，我的爸爸，『沒帶』雨傘，來接我……」我們自嘲著哼唱改編的兒歌，苦中作樂。畢竟，能在雨中散步的機會不多，也有些浪漫。不久雨勢漸大，水滴蠢蠢欲動地滲入風衣，迅速被裡層的衣物吸附，從肩膀到胸口，再蔓延到背部。原本體感悶熱，馬上變得又溼又冷。

從小，樂哥對這種溼冷的感覺很敏感，每次衣褲只要被水沾溼，他馬上就跑去更衣。果然沒多久，樂哥開始用盡各種方法抗議著。而我和媽媽早有預期，已備妥穩定的情緒去安撫他，試圖讓他知道我們同理他、想幫助他，但現況勢必只能忍耐一下了。

雨水在衣服上擴展的疆域越來越大，連褲子也變得溼漉漉，樂哥持續表達著不滿。我和禾妹撿了路邊的姑婆芋當雨傘嬉鬧，一邊試圖逗弄他，但反引來樂哥更大的情緒反彈，我們的歡愉，在他眼裡很不是滋味，我思考著對策。

潮溼的天候環境，少不了蝸牛作伴，牠們紛紛在樹林的底層活動，像是出來集會遊行。原以為蝸牛喜歡下雨，在雨中漫步，後來才知道，下雨造成土壤中溶氧量減少或是淹水，蝸牛不得不爬出土表避難。對蝸牛來說，撤退單純就是因為天氣吧。

我稍微拉高嗓音，好像不經意想起的那樣自然：「媽媽，你知道剛剛步道入口的那家店，好像有賣冰淇淋耶。我記得，好像是一球卅、兩球五十耶。妳覺得今天誰可以選兩球嗎？」

樂哥埋怨的聲音停下來了，我想像著他的心中出現彩虹，還飛進了一隻小蝴蝶。他們開始討論著怎樣的表現可以吃兩球，並開始評價每個人的當日表現。

「生氣的人只能吃一球吧！」禾妹說。

「我哪有生氣，la la la la（吐舌），我現在有生氣嗎？」樂哥連忙反駁，試著耍寶以掩蓋剛剛生氣的事實。

接著，他們也爭論著哪一種口味比較好吃。是酸中帶甜的草莓好吃呢，還是甜中帶酸的芒果比較香？在逆境中，討論著令人欣喜的事，果然很有療癒的效果。

繪本《田鼠阿佛》的故事，幾隻老鼠苦悶躲在山洞裡過冬，後來聽著阿佛維妙維肖地說著外頭的景色變化，畫面像是抹在心頭上，彷佛真的看到。老鼠們聽完後，山洞裡不再無聊冷清，又轉為活絡熱鬧。

雨滴持續打著節奏，考驗你能否定心理解山中的定律，許多無法立即滿足需求的限制自始至終不曾改變。多變難以捉摸的氣候，是她長久以來的樣貌。如果來時的路心中充滿期待，回程的歸路未必能滿足歡欣。「那為什麼而來呢？」

腳步伴隨著考驗，考驗產生汗水，落在心底的池水，平靜地產生漣漪，形成一圈圈完美的同心圓，擴散變大，然後消失。我們遠離日常而來，希望由繁化簡為純粹地走，在步伐中找尋最平穩的節奏。如細枝隨風搖曳那樣自然，水滴流過芋葉那般純粹，但也像細雨傾斜的角度，像熱融融的太陽加溫的速度。山有屬於他的節奏，動物有，植物有，我們也有。

我把幾顆被稱為「山中魚子醬」的水麻果實，塞在我薄荷口味的冰淇淋中，一旁的樂哥正大口啃著芒果口味，禾妹則是不疾不徐地舔著她鍾愛的草莓口味。岫岫沒拿冰淇淋，但來回在每種口味中，走到誰面前，就得獻上一口，像是享有特權。

樂哥提醒禾妹：「吃太慢，就會融化囉！」

禾妹回答：「才沒有融化。」突然想著今天怎麼沒有滴得滿手，抬頭問我：「爸爸，是不是下雨天，冰淇淋比較不會融化啊？」

我說：「好像是這樣喔！下雨天也不錯嘛。」

雨勢漸歇，地面殘餘熱帶著水氣蒸發，遼闊的山谷又慢慢形成霧氣。微風輕吹，山邊一叢叢的颱風草，不停地搖著，像是揮手對我們說：「下次再來喔！」

沒有壞的天氣，只有穿錯衣服

禾妹熟練地調整雨鞋的角度，背起背包並繫上胸扣。我幫她罩上雨衣，提醒她要記得先戴鴨舌帽，雨帽才不會滑下擋住視線。最後，把素材蒐集罐掛在胸前，一切準備就緒。

山上陰雨綿綿，風寒與水寒效應，讓體感溫度接近十度。冷冽的空氣伴雨水細細啄著臉頰，一滴鼻水在鼻頭晃呀晃遲遲未滴落，我猶豫，思考。幾秒後，耳邊傳來禾妹精神抖擻地報告：「我好了！」將我的心神拉回，我稱讚她很努力，已能自己打理好裝備，順手幫她把雨衣釦子扣至最頂端。

「沒有壞的天氣，只有穿錯衣服。」我想起這句芬蘭諺語，但面對壞天氣，心中難免躊躇。天氣讓山林的樣貌完全變了樣，很難想像溫暖寬厚的山林，竟變得張牙舞爪，拒人千里。我想著：「這是山裡的課題之一，凡事發生必有其原因，並能在過程中學到什麼吧。走吧，出發吧。」

冰冷的雨霧隨著陣風咆哮，逼著我們壓低身子走，避免帽子被掀起。看著地上盡是被雨水打落的櫻花，成了粉紅色的地毯。身體還未因為走動而暖和，凍僵的雙手，想躲回溫暖的口袋，只是雨衣哪來的口袋呢？

禾妹拉拉我的衣服，小聲地說：「爸爸，我好冷噢。」

為了應變天氣變化，我準備了厚外套、風衣、背心和雨衣，隨時搭配。我幫她在雨衣下加了件背心，並叮嚀她會熱時要脫下來，以免裡外都溼透了。

鮮豔的膠面雨鞋踩在步道上，雨鞋總在抬腳時，些微離開腳底，然後勾著腳踝的弧度，不致滑落。鬆鬆的，沒辦法快跑。禾妹發現前方柏油路面有幾灘積水，小跑步加速，然後用力跳入濺起水花。岫岫馬上跟進，小腳踏呀踏呀，只發出噴噴噴的聲音，哪有什麼水花。我看他們小小的水花，便親自示範，大腳直落，水花噴得高高的。

禾妹大聲叫：「嗨喲，爸爸，你噴到我的臉了啦！」

我一臉正經地回應：「對不起。」

然後轉身再繼續製造更多的水花，禾妹不甘示弱地回擊，離地表最近的岫岫，臉上沾著水花，呵呵呵地笑，只要有水花就好，哪管是誰製造出來的。不一會兒，積水只剩淺淺的一點，我們只得繼續走，尋找下一「灘」。

我們常說，在嚴寒刻苦環境中生存的民族，有著堅毅剽悍的性格。長久以來，對於外在環境壓迫的忍受力量，轉化成內在心理層面的耐性。冷冽的氣候，逼著身體消耗更多的熱量來保暖，我剝著手上的穀物餅乾，折成可以入口的大小，一起吃著。水壺裡的水溫，等同雨水一樣冰涼。小口含在嘴中幾秒，再吞入喉，就不會那麼難受了。

風雨未曾停止，想要回家的想法也不斷在心裡敲門。禾妹垂頭喪氣地走，一點想要探索自然的興致也沒有。如果愛一個人，你不可能只認識他陽光正向的那面，一定也清楚看過他低潮痛苦的模樣。我們愛山，也是如此，這只是山不同的面貌罷了。

我解釋：「這是山下雨的樣子，就像我們會有壞心情一樣，有時候很難去預測。」

禾妹說：「可是我喜歡出太陽的時候，那時候好漂亮。」

我說：「如果妳認識了山下雨的模樣，妳就會更愛它出太陽的樣子，不是嗎？」她似懂非懂地看著我。

我接著說：「我好想來杯熱咖啡。」

她也說：「我要熱可可。」

溫熱的咖啡和香醇的熱可可似乎都飄進我們的腦袋裡，我們苦笑著。

面對你愛的人，你定會去了解或接受他最深最暗的那面，除了因為那是他的一部分之外，更重要的是處於那個狀態之下，是否能找到你愛的東西。

我們離開柏油路面，走入平緩的原始山徑，頭頂的鳥巢蕨，正用粗壯的葉收集雨水，其他攀附在樹幹上的蕨類也是，正努力吸取流過樹皮肌理的水分，這是它們喝水的時機。

一條淺溝，流著土黃色的泥水，禾妹毫不在意地踩過。而岫岫竟人來瘋似的在泥水中踏呀踏呀，泥水紛紛向四周飛濺。我和禾妹被噴得滿身泥濘，都想要破口大罵，但看到岫岫陶醉忘情地在泥水中轉啊踏啊，口中念著：「我跳，我跳，我跳。」可愛又不可思議，我們也捨不得生氣了。

漸暖的身體，已慢慢習慣天候。冷空氣，經過溫暖的鼻腔，再進入體內。吐氣時，嘴邊呼出一朵朵小白雲。濃密的樹頂，將雨滴連同落雨聲都擋住了。沒有蟲鳴鳥叫的山，並非冷漠，只是安靜。突然陣風一來，枝葉左搖右晃，隨即嘩啦啦地抖下巨大的水滴。在樹林下的我們，驚慌失措，全沒有心理準備。

回程接近終點，心裡好想脫下雨衣，好想躲回溫暖的車內，想迎接我們的美式咖啡與熱可可，三人不約而同地加快腳步，卻又擔心雨鞋脫落，形成滑稽的步態。岫岫突然衝了出去，把我們甩在後頭，像是發現寶物似的，我看岫岫朝著前方一灘泥水逼近，我和禾妹同時大喊：「不行！弟弟！」

岫岫止住，我上前把他抱起。禾妹笑嘻嘻地說：「真是好險喔。」我喘著，用力點頭。

天氣不佳，只是讓路程不如預期的順利，但並不會阻止我們到達終點。起初，總覺得壞天氣像山在哽咽，在啜泣。現在，更卻覺得是山在低吟，在說著一段長長的故事。而我們聽著故事，感染相同的情緒。冷天，能感受牽手時的溫暖，下雨，更能透過絲絲的雨，看見彼此的臉。

爸爸你要小心看路，不要再滑倒了

滑落時，根本來不及思考，但受到驚嚇的神經突觸，能記下一切細節與感受，在心理學中被稱為「閃光燈效應」。我聽到被嚇著的岫岫在高處哭喊：「爸爸，爸爸，爸爸……」我只想趕快爬回他的身邊安慰他，撫平他的情緒。

隨著我們走在山林的時數越來越多，跌倒、滑落的事在所難免。但回想每個時機和情境，都在那些不經意的平常路徑，在鬆懈毫無防備的時候。

上一次滑落的是禾妹，我和岫岫走在後頭，一根樹幹斜擋在山徑上，禾妹幹練地跨過一腳準備翻越，突然目光被樹幹上類似毛毛蟲的紋路所吸引，她保持女巫騎掃帚的姿勢觀察幾秒，正想詢問我問題時，轉身抽回的那腳頓時踩空在山徑的缺口。下滑那刻，我大喊「手抓著……」，但聲音還沒出口，禾妹已經停下來了，她雙手僵直向後緊貼山壁，表情嚴肅，驚魂未定，我也如此。

我喝令她別亂動，深怕繼續下滑。我火速卸下身上的裝備，把岫岫放在安全的位置，然後蹲起少林功夫的馬步姿勢，伸手把她從邊坡拎回到路面。上來後，禾妹急著想套好快脫落的布鞋，我想請她等一下，因為襪子沾滿了土塊，結果穿脫間一不小心，鞋子竟滾落邊坡，在比剛剛更深更深的位置。禾妹一臉尷尬，而我則有點氣惱，哭笑不得。後段還有路程要走，不能放棄鞋子，只有撿回一途了。

幾枝樹根懸在邊坡，手一抓馬上連同土塊一起滑落，沒什麼位置可以支撐，這也是路面會出現一個缺口的原因吧。我用臀部下滑，帶著一些崩落的土塊，最後腳恰好抵在一根枝幹，且又勾得著鞋子。上頭喊著：「爸爸，你可以抓樹根。」「爸爸，你要抓石頭啊。爸爸，你要用力往上撐就可以到了。」禾妹已成熱切的指導員，雖然內容沒什麼建樹，但還是讓我覺得暖心一些。我直接在土坡用力下踩幾個腳點，發現勉強可以施力，就這樣踉蹌地爬回路面。

禾妹看著我滿身的泥土，吃吃地發笑說：「爸爸，謝謝。」

作家徐如林曾在《孤鷹行》中描寫一段，三位好友縱走南湖中央尖發生的意外。迷途的他們，正打算橫渡湍急奔騰的溪谷，兩位好友互相攙扶，一步踉蹌，失足瞬間，二人身影便隨著狂暴的激流而逝，消失之快，讓人無法相信。一秒鐘便足以天人永隔，真的只需要一秒，被壓迫、繃緊的神經也許能擴大停滯那一秒鐘的感受與時間，但終究無法回頭，我讀得膽戰心驚，感嘆生命是如此的脆弱。

山徑狹窄，我牽著岫岫讓他走在靠山的內側。繁闊的枝葉，隔離了上頭的炙熱，底下樹影婆娑，涼爽愜意。雖是走在沿溪的古道上，但絲毫聽不到下方的流水聲，只有亢奮激昂的蟬鳴，嗡嗡嗡地響。我放大聲量，才能和前面的禾妹邊走邊聊。穿著厚實的登山鞋，不怕碎石也不擔心溼滑，讓我不需留心路面狀況，反正輾過去就可以了。潮溼的落葉，壓實在泥土上，些微鬆軟，我話說到一半，忽略路徑變得更窄，下一腳便踩空。

我像是跌入獵人挖鑿的陷阱，消失在路徑上。岫岫嚇壞了，鼻涕眼淚流得滿臉。還好滑落的位置不深，我附著滿身的黑土爬回路面，抱著嚇壞的他說：「爸爸沒事，只是不小心跌倒了。對不起，嚇到你了。」岫岫不斷哽咽，我貼著他的胸膛，像是安撫夜驚的孩兒，久久之後才感受逐漸平穩的呼吸。我不敢想像，如果岫岫隨我跌落，會是什麼樣子。

犯錯讓我們思考，經驗累積我們的學習。通過困難的路段，我們會評估、會專注於每個動作細節，並隨時調整因應、做好準備。但突如其來的狀況，卻無任何準備，驚嚇的感受，用影片和照片的形式，明確地儲存在腦海中，每次提取都是像剛發生過一樣，完整且清晰。

我們又再次啟程，禾妹在前頭說：「上次我跌倒一次，這次你也跌一次。爸爸你要小心看路，不要再滑倒了。」我「是是是」地點頭，像是新兵菜鳥回應長官的命令。

我回憶著孩子們還是嬰孩時期，蹣跚學步的樣子，每次跌跤前身體都會些微搖晃，核心肌群試著穩住軀幹，兩手在旁揮動幫助平衡。跨步，跌倒，爬起，不斷重複著。於是，像是按了快速播放的按鍵，孩子走得越來越穩，越遠，也越快。身體不斷透過練習，強化肌肉，不斷更新神經密碼，提升更穩定的控制力與協調性。

如同在山林，我們會變強壯，會更敏銳地留意與察覺危險，生理與心理都會不斷進化，以適應環境。偶爾，禾妹會回憶著上次滑落的事情，如同我想到站在上方哭喊的岫岫，歷歷在目。但這些回憶，提醒著我們須保持著一定程度的謹慎，也重新測量了生命的時間與重量。

奇妙的是，禾妹並沒有因為之前的經驗而害怕，反而更勇於嘗試。我們停在一處山路凹陷處，巨大的岩塊由上方滾落，阻斷了路徑。我想像著土石翻騰、林木傾倒的那刻，岩塊彼此碰撞對抗，令人懾服。我眨眨眼，石上早已覆著青苔，縫隙間花草強韌生長，巨變早塵埃落定，不知已發生了多久。

禾妹身手矯健地翻過岩石，我們坐上山凹中央一塊平整的岩面休息。我們剝著香蕉吃，像是獼猴王盤據在山頭最舒適的位置。我查看岩面下方的岩塊，穩固且間距不大，便向禾妹提議：「要不要爬下去，再爬上來？」她一口答應。

我們翻下大石，直到不能再往下，才回身上攀。抬頭看，整面蓊蔚的山色映入眼簾，點綴著禾妹纖瘦的身影，我看著她越過倒木，翻過大石，我在她的下方確保。突然，無所畏懼的雄心漲滿胸膛，想帶著孩子走入每一座山脈，收藏每幅山景，我們熱愛自然和山林，但更熱愛生命啊。

即便生命有時輕如塵土，薄如蟬翼，但終究可以掌握在手上。不忘步步謹慎，更不忘熱愛生命、用力呼吸的暢快。回程時，禾妹走在最前頭，岫岫夾在中間，四周綠意盎然，生機繚繞。

禾妹說：「爸爸，如果你下次跌倒時，用登山杖用力的插下去，是不是就會停下來了。」我又如部下般「是是是」地回應了。

誰搬走了我的山？

三角點位於林子裡，沒有景觀。我和樂哥看到一旁向上的木階，應是通往上方觀景台，迫不及待前去。木梯狹窄，間距甚大，須謹慎通過，我們讓幾位從平台下來的遊客先行通過，原以為輪到我們了，卻又見遊客走下，只好按捺性子，再等一會兒。

樂哥上到平台，大聲地喊：「爸爸，什麼都看不到。」

我嘆著氣跟上，肩膀逐漸鬆垮，直到親眼看到一面白牆，自問：「誰搬走了我的山啊？」

我想著著名的故事《誰搬走了我的乳酪？》，那是一本老少咸宜、一小時便能讀完的小書，但深具意義和啟發。故事裡有兩隻老鼠嗅嗅、快快，兩位小矮人哈哈、哼哼，生活在迷宮裡，每天的目的就是尋找乳酪。有天，他們幸運地發現一處乳酪山，是他們夢寐以求的口味，之後的每一天，便依循舊路前往。突然，乳酪山竟然不見了，嗅嗅早已嗅到乳酪不斷減少，行動派的快快見不著乳酪便馬上行動，兩隻小老鼠轉身去尋找新的乳酪。小矮人哈哈非常失望，但接受事實後，也開始行動，並展開一連串的「體悟旅程」。哼哼，則留在原處怨天尤人、自怨自艾，不願接受事實。

我習慣在喜歡的書頁，把右上或左上的頁角向內折成三角形，做為標記，供日後翻閱。乳酪小書，我竟折了十幾個小角角。耐人尋味的是，每次翻看，皆有著不同的意會和感受。乳酪是山頭上的美景，也可能是一段關係，一趟旅程，是我們心中任何想要追求的東西。

禾妹和媽媽也上來了，不知所措地看著霧濛濛的一片。光線讓白霧看似平整，但當我想穿透濃霧窺探後面的景物時，霧又變得深不可測。禾妹沮喪地說：「什麼嘛，哪有什麼風景，什麼都看不到。」

聽了她一說，我們習慣教導孩子正面思考的機制馬上出現，媽媽說：「白白的也好美喔！」

我說：「這是傳說中的白牆，不是每次都看得到耶。」樂哥聽完，變得有些興奮，「白牆白牆」地叫著。

看禾妹悶悶不樂，我拿出背包裡的勇氣禮物，是兩顆彈彈球，放在絨布袋中，讓他們隨機抽選。結果，樂哥欣喜地抽到星星圖案的彈彈球，禾妹則不滿自己的蜘蛛人彈彈球，馬上隨手一甩，竟彈入白牆之中，無影無蹤。這樣一來，連和樂哥交換的機會都沒有了，「嗚嗚嗚……」地哭了起來。

哈哈曾說：「只要你越快放下舊有的想法，就能越早找到全新的機會。」但我們都知道，我們不可能再爬一座山頭，或是找到另一顆彈彈球了。我們變成了小矮人哼哼，我私下在心裡責怪媽媽出門時拖拖拉拉，以至於太晚抵達山頭，禾妹則埋怨樂哥不應該先抽到星星彈彈球。

埋怨是心理防衛機轉的一種形式，築起高高的理由，好成為合理化自己生氣的條件。理智，其實一直躲在心裡，只是要將原本心中的乳酪，更換成另一種形式，並不是容易的事。

維護工整的木棧道，曲折蜿蜒，規律地每隔幾公尺就轉換方向，路段極為相似，有種走在重複路徑的錯覺。白霧瀰漫在兩側高聳的柳杉間，抬頭一看，杉樹筆直地消失在白茫茫的天際，讓人分不清方向，我們像是困在尋找乳酪的迷宮裡。

這時，耳邊傳來小矮人哈哈的聲音，說：「你將發現，勇往直前是多麼有意義的事。」一的確，不需想太多，避免讓壞情緒不斷滋長。要像小老鼠嗅嗅、快快那樣繼續往前，才能甩掉舊乳酪的束縛。

我背著岫岫，和禾妹走在後頭。持續行走，隨著腳步你會感受到自己已經採取行動，行動滋養了內心，失落感逐漸減緩。即便新的乳酪還沒被定義，但當下做好每一件事的感覺，讓人充滿能量，有信心去期待新的乳酪。回頭思索，事實往往並沒有想像中的那麼嚴重，只是高漲的情緒捲起更深的漩渦罷了，情緒安定下來，漩渦停止，才看得清楚前方。

樂哥早已察覺禾妹一直氣惱，站在前方等著。當禾妹走到面前時，他從口袋中把星星彈彈球拿給禾妹，說：「先給妳吧，妳下次再拿東西跟我交換。」禾妹下沉的嘴角頓時上揚，眼睛瞇起像兩枚彎彎的眉月，一切來得那麼突然。眼前霧氣散盡，空氣純淨涼爽，兩側的柳杉不再像迷宮裡的高牆，而是安全守護的巨人。

我和媽媽坐在木椅上休息，四周圍繞著直挺挺的柳杉，三兄妹在樹林間轉啊繞啊，樂哥和禾妹走在前頭，岫岫則在後面，追逐、嬉鬧。

過癮後，樂哥提議：「我們來玩『飛鼠遊戲』好嗎？」

禾妹附和：「飛鼠遊戲！飛鼠遊戲！飛鼠遊戲！」

岫岫則拉著我說：「爸爸來，爸爸來。」

我起身後，馬上假裝成兇惡的石虎，孩子立刻逃之夭夭，躲到樹幹之後。

飛鼠遊戲，是紅綠燈的山林版。飛鼠只要抱著樹（紅燈），當鬼的石虎就不能抓。飛鼠們要在樹林間穿梭，成大字形鼓動自己的皮膜，引誘石虎，等到石虎接近再趕快回到樹上。前提是一棵樹只能停留一隻飛鼠，所以當飛鼠們同時逃往同一棵樹時，較慢的飛鼠就得移往鄰近樹幹，往往這時最容易被石虎抓到了。

想要遊戲好玩，就得稍微放水，但又不能太明顯，不然就不夠刺激了。身為石虎的爸爸，用鼻子聞呀聞，圍繞著孩子所在的樹幹旁打轉，雖然石虎現在不能抓他們，但三雙小眼睛正分別從不同的樹幹後盯著我，並隨著我移動位置，不讓我發現。

石虎疑惑地說：「奇怪，我明明有聞到飛鼠的味道啊，怎麼找不到？」

離我最遠的樂哥飛鼠突然出現，搖著雙手和屁股說：「來追我啊，來追我啊！」

石虎發現獵物，前去捕捉，但飛鼠還是早一步躲到樹上。這時，在另一側的兩隻小飛鼠也變得大膽，岫岫還拍著屁股說：「來，來，來。」石虎立即朝往新獵物。坐在椅子上看熱鬧的媽媽，也忍不住出來指揮著飛鼠移動。

就這樣，裝傻的石虎，搖頭晃腦地望著跳來跳去的飛鼠，他們忘情嬉笑，恣意跑跳，在這平凡的遊戲中，在這單純的樹林裡，石虎在林間亂竄，始終沒捉到他的獵物，但石虎已找到他的乳酪了——就是這個時刻。

看著彼此的臉，望著彼此的身影，家人間，簡單真摯的情感正交織著。話語和笑聲傳至樹梢，空氣便散著我們身體的溫度，幸福油然而生。相信，只要家人在一起，就能繼續發現新的乳酪。

品德

走著走著，可能就會不一樣了

孩子們站在山巔上呼喊，一聲接著一聲，原想上前制止，卻又覺得面對一望無垠的壯闊景致，坦率地表露豪情、舒展情緒，有何不可呢？

心理學的「歸因論」中，有一演員與觀眾的差異效應，當自己是演員（當事人）時，會偏向將自己的行為歸因於事發時的情境；相反的，若自己是觀眾（旁觀者），則會把別人的行為傾向於個人性格的歸因。

但行為與感受，終究是外界刺激與個人內在交替的產物。當你走在山裡，默默地踏入自然之境，觀察四周，你始終是個演員。吸取山林釋放的芬多精，沐浴在熱融融的金光中，你只能不斷吸取情境給你的線索，然後只管像個專業的演員，傾瀉出心裡最底層的情感。

我記得念小學時，我對長跑比賽很拿手，曾在三、四年級的時候接連拿到迷你馬拉松比賽的第一名。但到了五、六年級，卻以第五和第六的名次收場，像老將下坡的頹勢，忘卻自己仍是將近四百位同年級學生中的前幾名。

山谷裡繚繞著自己的回音，用另一種狀態反射自己的心思，人生的起落、所有在意的事，都浮現在眼前。

禾妹突然拉拉我的衣角，開口說：「爸爸，你知道我之前很害怕在學校吃飯嗎？」

我回答：「我知道啊，妳還因為吃飯不想去上學。」

她繼續說：「可是，我現在吃飯變厲害，已經不害怕了。」

我說：「我知道妳很努力，這是一件很棒的事。」我們邊聊邊吃點心，我同時收拾著包裝垃圾和雜物，等待他們吃下最後一口，就可以出發了。

徐風轉為豔陽，像是冷暖氣切換了功能，沾在皮膚上的汗水又開始變得黏膩，提醒著我們休憩時光已結束。我們走回林子裡，不規則的石階上上下下，禾妹的鞋尖絆到幾次差點跌跤，膝蓋輕微晃動，這是體力下降的跡象。我放慢速度，並提醒她要留心腳步。

隨著長時間的步伐，以及不斷重複的景象，身體的引擎努力燃燒，頭腦卻異常清晰，逐漸解開一道道心中的鎖，釋放裡面的祕密。這是一個反覆的過程，像蜿蜒的路徑不斷上下，時而煎熬，時而順利。祕密如藏在洋蔥正中央，得層層剝去，然後慢慢感受與消化，直到最後氣味散盡，轉而坦然舒暢。

我遞給岫岫一個灑水噴瓶，讓他邊走邊玩，他不斷地往自己臉上噴，為自己解熱。偶爾也幫我和禾妹噴一噴，冰涼的霧氣灑在臉上，好不舒暢。或是，看見喜歡的植物，幫它澆澆花灑灑水。有時，水霧間微微出現彩色的光影折射，像是為那株植物製造出一小塊彩虹一樣。

山徑漸寬，岫岫走在我和禾妹中間，一手牽一個。禾妹隔著岫岫說：「爸爸，你知道我上次把牙仙子送給哥哥的金鈕釦丟到學校的垃圾桶嗎？」

我稍微驚了一下，鎮定地說：「喔，那哥哥應該很傷心，那時候，他好像一直在找都找不到。」我想起前陣子，禾妹因為羨慕又嫉妒牙仙子送給哥哥的禮物，和樂哥起了爭執。我又說：「謝謝妳告訴我這件事，承認自己做錯事，是勇敢的。那妳會告訴哥哥嗎？」她點點頭。

邊坡上出現一叢叢的雙扇蕨，油亮地閃著金光，破散的葉緣微微下垂，果真像把破雨傘，不辜負「破傘蕨」的名號。一旁幾株剛長出嫩葉的破傘蕨，彎曲的葉形像是翹鬍子的模樣，擺在嘴前好不逗趣，樹林裡瀰漫著淘氣、活潑的生機。

古代詩人常望著豪壯的江水或巍巍的山景，吟詩作對，抒情助興，言志狀物。但對孩子而言，體會較深的，反而是樹林裡的小景小物。孩子可以微觀地品味每個細節，每片葉、每條樹幹的紋路，但相對的，他們也必須宏觀地感受大山大景的視野，了解自己在山中的位置，定義自己在天地山海之間的重量。站在綿延不斷的山巒之前，感受浩瀚的天際無限延伸，自己何等的渺小，然後慢慢發現，山林並沒有因你的存在與否而產生差異。

禾妹找到一片只剩下葉脈的葉子，拿到我面前：「爸爸你看，這好漂亮喔！」因為葉脈與葉肉的腐蝕差異，只剩下網絡分明的葉脈，像極了蟬的翅膀，我請她收好可帶回做書籤。前方一棵傾倒腐壞的筆筒樹躺在坡上，這是我相當喜歡的樹種，除了它是自恐龍時代就有的活化石，覆著神祕面紗外，就是它獨樹一格的結構與生長方式。

每當筆筒樹的老葉脫落時，會留下像是蛇鱗片的疤痕，由於筆筒樹沒有年輪樹幹不會加粗，所以要計算樹齡時，需先估算每年掉落多少老葉，然後由樹幹上鱗片的樹數量去推估樹齡。高大的筆筒樹能長到一、二十公尺，樹幹外層會由下而上長出氣生根，幫助支撐。傘狀的外形，遠看像是棕櫚樹，但近看，便會被樹幹上排列工整的鱗片所吸引，更像條大蟒蛇，所以有「蛇木」的別號。

我剝下一塊像蛇鱗片的樹皮給禾妹，她看著上面的紋路，旋轉方向端倪著，然後驚訝地說：「這是臉的圖案耶。」可不是嗎？是張有著滑稽表情的臉。微熱的風拂過樹梢，底下樹影婆娑，但稱不上涼快，下巴始終懸著汗，我超脫地想像著：「山之母會不會用觀眾的眼神看待我們呢？她會發現我們起心動念都愛著山林嗎？或是發現，我們在山林走著，隨著不斷自省與對話，觀察與體悟，便漸漸變得不一樣了。」

前方就是山徑終點，岫岫和禾妹加快了腳步，照慣例他們的腦袋應想著汽車上的冷氣和涼水。禾妹突然停下來，指著地上不起眼的小葉子說：「爸爸，你不是說要摘一個魚腥草回家嗎？」我笑著和她蹲下來看，岫岫也跟著過來。我想，我已經知道答案了。

如果我們是山，孩子定是我們山裡的樹

「不論性別，都可以像玫瑰一樣美麗又溫柔，像大樹一樣強壯被依靠。」我重複讀著這段話，字句優美，寓意深長，卻帶著哀傷。這是二十多年前的葉永鋕事件，留給後人的象徵和意涵。

「我要當公主，我要當公主。」岫岫不停嚷嚷著。

「女生才可以當公主，你又不是女生。」禾妹義正嚴詞，聲勢壯大，不容質疑。岫岫嗚嗚嗚地哭了起來，滿臉鼻涕，腦中根本不在意男女，只是想和姊姊一樣罷了。我安撫好岫岫，找禾妹來聊聊：

「之前，妳不也覺得小鹿斑比是女生嗎？而想把牠當成女生，這都是可以自己選擇，不是嗎？」禾妹點點頭。「妳記得上次去看白雪公主展覽，岫岫是不是和妳一樣穿白雪公主的衣服？」禾妹笑了笑，想著那個畫面。「每個人都

可以自己決定，而且弟弟可能只是想和妳一樣。」

小徑左右大多是原始的林相，依地勢蜿蜒或擴張，除了三棵南洋杉突兀地站立其中，像是被罰站的孩子。它們筆直高聳的樹幹彷彿把天撐高了一些，使空氣、光線變得更加遼闊。山不會在乎你的性別、年齡和外貌，只在乎你是不是真的在乎它，若你越在乎，它同樣如此奉還。這表示，你將和山產生更多的羈絆。

禾妹在樹下仔細找著南洋杉像小尾巴的葉條，我則走近摸一摸些微裂開捲起的金褐色樹皮，刺刺的疙瘩，和南洋杉平時給人果決挺拔的感覺完全不同，但這畢竟是我們人類的解讀。

禾妹指著三棵被罰站的樹說：「它們是不是雙胞胎啊？怎麼長得都一樣？」

「真的很像耶。」我附和，但仍覺得像被罰站的層面多了一些。

我請她更仔細比較，從樹幹的高度、樹枝延伸的方向，慢慢發現枝葉的濃密、樹幹彎曲的弧度皆不相同，每條側枝都像極具特色的雞毛撢子。我們人不也是如此嗎？即便是兄弟姊妹，在基因、環境、際遇等面向也會有些差異，造就獨一無二的每一個人。

山徑上繞，我們可以窺探到杉樹三兄弟上層的枝葉，側枝尾端是新生出的鬣形葉，鮮綠且柔軟，拂著風像指頭輕柔地擺動。告別杉樹後，路徑由暗轉亮，陽光已探出頭，我們解下外套，沐浴在冬日的陽光下，和煦且溫柔，像是被山懷抱著，像是溫熱的牛奶入喉，自在且放鬆。

「如果我們是山，孩子定是我們山裡的樹，我們會在意他們是不是外來種，或是去限制他們生長的樣貌嗎？」相較於黑黃條紋、冷冰冰的電線桿，應該一點也不會介意的。雖是外來物種，從接觸到泥土的那刻起，便開始吸取山裡的養分，喝著山裡的水，感受谷風中的溼度，抵抗日夜的溫差，成為森林的一部分。水同木、水麻喜歡親水，筆筒樹、山黃麻偏好向陽，酸藤渴望上攀，魚腥草就愛伏著地，森林包容各自喜好，形成多樣性，也只有如此才能建立複雜且穩定的生態系統。

腳邊一叢「指甲花」，我將淡紅色的花瓣取下，稍微搓揉，敷在指甲上一會兒，拿下來後便留有一絲絲更淡的紅，較深的汁液漬在指緣的溝間。禾妹和岫岫看了歡喜，也想嘗試。比起最後留下的淺淺的紅，他們更喜歡花瓣敷在指甲上的時候，沾著汁液，也不會掉落，像是貼著流行的指甲片。

很小的時候，母親拿回一件表姊的淺黃色洋裝，問我要不要穿，我覺得很漂亮便點頭答應。母親興奮地抱我回房套上，然後我出場後，大人們在旁驚呼「好可愛」、「怎麼這麼漂亮」，試著用讚美轉移我的害臊，想讓我穿久一點。我雖有些彆扭，但卻沒得照照鏡子，靜靜感受自己的模樣。「感受」起於內心，並非只有YES／NO兩種選項，有時是一種捉摸探尋的歷程，像新枝選擇在何處發芽一般，只有它才知道。

禾妹笑盈盈地來我面前說：「爸爸，你看我的指甲。」

我看：「哇，是紫色的耶！」

岫岫也走了過來展示他的新甲片：「爸爸你看。」花瓣歪歪斜斜地敷在上面，七零八落，看著他們愉悅的笑容，真是可愛極了。

谷風又吹起了，灰白色的雲蓋滿天空，並漸漸加深它的顏色。雨滴敲響葉片，從滴滴答答，變成唰唰唰的絲線。「是山在考驗他們的孩子，還是我們？」我們套上雨衣，臨危不亂，但心裡還是有些倉皇，開始走上回程的路。指甲上鮮豔的花瓣，隨著雨水滑落。岫岫在溼漉漉的石面滑了幾次，還好牽著手且都能及時拉起。

山色變得蕭瑟，無精打采，像垂在頭頂的雨帽一般。芋葉搖搖擺擺，不斷想甩掉上面的水珠，大花曼陀羅原本就下垂的花，垂得又更低了。眼前，又看到那三棵罰站的杉樹兄弟。在死寂的天色下，身形依然挺拔，舉著硬朗的胳臂，但讓人驚訝的是，一顆顆雨滴像晶瑩剔透的水晶停在鑿形的葉端，隨風輕搖，像懸吊的玻璃水晶燈，折射著光。

如果我們是山，孩子定是我們山裡的樹。每一個我們都愛，我們給它養分，滋養生長，但也少不了各種考驗。我們無法確定它會長成什麼模樣，但我們的愛與包容從不間斷，哪怕它長成什麼樣子呢，我們都愛。

參、山育行

行為規範與後果

森林法則

「本法則就是森林法則，像上蒼一般古老正確，遵循的狼將繁榮昌盛，違反的狼將招致滅亡，狼之力在於狼群，狼群之力在於狼……」樂哥和禾妹站在螢幕前面，跟著毛克利念著法則，好像自己也是狼群的成員之一。

《與森林共舞》是我們全家都很喜歡的影片，闡述著所有生命都不因貪婪和享樂破壞自然和諧，從森林擷取的，應只是生存的單純必須。

風從濃密的枝葉間微微地透出，像是手持風扇電池耗盡前那般弱小。坐在林蔭下，我抹去額頭的汗珠，喝口水希望能排除點心殘留的味道，然後蓋上已空的保鮮盒，收整後便繼續上路。

爬山其實很單純，不是前進，就是休息。但身為爸爸又是幼兒園老師的我，角色相互加乘，總是什麼都管。例如，「水不要一次喝太多」、「不要和前面的人走太近」、「登山杖要拿好」、「點心要分享」、「包裝紙要收好」、「碰到長輩稱讚自己要記得道謝」……等等，只有一件事不管，就是不怕玩得髒兮兮。

在通過困難地形時，甚至還得叮嚀孩子不要怕弄髒衣服，有時跪著、坐著、抱著樹幹等姿勢，方能安全通過。零零碎碎的規定和提醒，看似雜亂，但簡單歸納後，卻發現孩子要遵守的規則，其實只有兩個，就是「尊重」和「安全」。

如果說，把孩子帶進山林野放，就能放牛吃草，那不盡然是正確的。山林是所有生命共享的，山裡的動植物是主人，山境是他們的家，我們只是客人，希望盡可能將干擾降到最低。然而，「尊重」的層面，也涵蓋其他的登山客，彼此包容，或是在需要時給予協助，與人相處的分際與平地並無二異。

在「安全」的部分，首要是照顧自身的安全，包含了衣著、飲食、裝備、行走路線、氣候、時間、體力等因素，所有細節都可能關乎安全。另一部分，則是不要成為別人的「不安全因素」。孩子對任何事物都感到好奇，喜歡撿樹枝、石頭、爬上爬下，是常有的。但如果行為會影響他人，或是破壞環境，大人則應馬上制止和教導。

曾經看到孩子拿著細長的樹枝胡亂揮舞，周圍的遊客紛紛閃避，家長卻視若無睹，未加以提醒。我們可以明確告訴孩子：「現在離旁邊的人太近，樹枝會弄傷別人。」或是「如果想玩樹枝，要到沒有人的地方。」讓他知道行為規範。值得再三留意，許多意外發生，會因為地點在山上，而增加嚴重性。以受傷的例子來說，傷口易因無妥善處理而提高感染風險，或是扭傷摔傷導致影響行動時，更會擴大影響層面。所以，在山上，更需要適時約束孩子的行為，別讓孩子變成危險的因素之一。

樂哥和禾妹走在前方不遠處，等待我和岫岫，一邊無聊地用腳磨著地上碎石，發出唰唰唰的聲音。聽起來有些煩躁，但行為並無大礙。突然，樂哥一記足球射門朝邊坡一踢，揚起一陣灰白，數顆碎石便叮叮地滾落，我馬上制止。

我問他們：「你覺得這些小石頭是原本就在這邊的嗎？還是工作人員特別鋪好的？」

禾妹直覺地說：「原本就在這裡的呀。」

樂哥看著每顆大小相似的碎石，思考一下低聲說：「工作人員鋪的。」

我繼續說：「很好，那為什麼要鋪呢？」我請他們想想，剛才走過的路，特別是沒有鋪石頭的路徑。

他們想起剛才經過的泥濘：

「才不會有泥巴。」

「如果下雨，水可以從石頭縫隙下去。」

「鞋子才不會髒。」

「比較好走。」

我回答：「很好！那請問，石頭怎麼來到這裡的？」

樂哥小聲地說：「搬過來的。」我想他們已經清楚知道行為是否得當了。了解行為的功能和後果，能幫助我們在行為前，思考和判斷。

帶孩子爬山，花上的心力並不比體力輕鬆，對於年紀越小的孩子更是如此。大人可能需要花更多心思去提醒他關於安全、衛生、與人互動，甚至責任等大小事。而大一點的孩子，則可以給他空間去選擇、嘗試。例如，好天氣想穿雨鞋，或是想用保溫壺裝溫水等等。結果的好壞可能因人而異，但能學習取捨、拿捏，並承擔後果。

平時樂哥和禾妹在家若發生爭吵，當晚的睡前故事一定少不了一本《森林裡的禮貌運動》，書裡的動物有著許多壞習慣或是不良行為，讓孩子了解行為的後果，以及良好可行的方式。有趣的是，書中山上的動物揣摩著山下孩子可能出現的壞習慣，希望藉由童趣的呈現方式去影響孩子。如今，卻發現其實並無山上山下之分，禮貌運動時時都應執行。

我想起前幾年，剛開始帶孩子上步道課的經驗。一棵雀榕的樹根，已將牆面幾乎包覆，若不思索，很難看出水泥牆原先是為了擋住大樹而存在的。雖盤根錯節，但每個間隙卻又有著條理，大小雷同，剛好適合孩子的小腳，儼然是面專為孩子設計的天然岩牆。

孩子們依序向上攀登，到最上方剛好可由旁邊的小徑下繞。每完成一趟，似乎又讓孩子更有信心，繼續再爬一次，不斷循環。倘若遇到停滯、猶豫在半途的孩子，後面的孩子會自動停下來，保持著一小段距離，除了避免壓迫前方的孩子，也保護自己不被上方的腳踢到。大人們則會提供抓握、踩踏的建議，鼓勵他不要放棄。一波波的小勇士向上衝，多麼令人著迷的氛圍啊！一堂由大樹安排的攀岩課，孩子努力挑戰又不失分際。

我們將禮貌與尊重帶入山中，在人與人之間，也在與山之間。大人為孩子述說著想法和感受，相信走著走著必能感染孩子。我們說話，合著蟲鳴。我們的腳步，疊著搖曳的樹影。我們與山一起呼吸，流動，平衡，慢慢建立起我們之間的默契，讓山永遠歡迎我們。

若你沒有看錯，我們也不會走錯

山上的浮雲快速地在身邊流竄，輕拂過箭竹的葉梢，山色即將隱沒，時間將是一切的考量。兩位重裝的水鹿研究員，幹練地從我們隊伍旁跑過，叮嚀著我們，天就要黑了，然後四支細長的登山杖快速地起落，一前一後，一插一推，很快就消失在白色的霧氣之中。

終究趕不上了，最後一道光已翻過山頭，我們六人，頂著殘弱的燈光，緩慢地走在回嘉明湖山屋的路上。濃霧伴著小雨，搖晃的頭燈，照在前人的腳後跟。往身邊一望，微弱的光束，只照著一片黑暗。

那是十多年的事，每當在山上面對即將隱沒的天色，我總會想起。眼前，我們四大六小，兩個交情匪淺的三寶家庭，孩子們隨地坐著休息，大人們圍繞著有四種顏色路線的指示牌，各自定義著現在的位置。兩面指示牌，相隔不到十公尺，一張鋼面雕刻，一張彩色印刷卻被曬到褪色，好希望指示牌的地圖，能畫得再仔細精準一點，就連熟悉的紅色三角形（現在位置），竟也沒有標示出來。

媽媽終於開炮了：「你一開始說兩邊都可以到，結果根本不是啊，還說讓我來選……」我搔搔頭，只能吞下去了。

起點指標牌上扭在一起的路徑讓我一開始就判斷錯誤，我冷靜地解釋說：「我們應該是在綠色這條路，這個禁止進入的標示位置錯了，我們還沒到岔口，應該可以繞一圈回來……」

大家聽完後，各自發表意見，最後同意我的說法，雖然不是原本以為的路線，但依然可以走一個O形回到原點。準備再出發時，我們的影子已被拉得細長，我看著電子手錶預測的日落時間，剩不到兩小時，便提出應該原路折返的建議。

安全總是最重要的，當年我們從黑雨中回到山屋時，受到山友們熱烈的歡迎。原來另一支友隊，擔心我們的安危，已等待多時，準備出發尋找我們了。我們一位隊員輕微失溫，已躲進睡袋保暖。而剛才的水鹿研究員就睡在我的臨床，已吱吱作響地炒好一盤豬肉給我們加菜，我雙手端著菜致謝，頭燈照著油嫩的豬肉，那是我在山裡吃過最好吃的一道菜。那時的我，還沒有真正認識山的樣貌，卻已體會高山讓人們變得更溫暖、友善。

孩子像個小大人，持續數落著：「都是因為你看錯了，我們才會走錯路啦！」想勇往直前的他們，走在回頭路，顯得不情願。

我說：「真的是我看錯了。下次，我可能需要小幫手一起來幫忙看地圖吧，幫我檢查有沒有看錯。」

孩子一聽，好像被賦予重任，大聲說：「好，下次要叫我一起看。」

我想起電影《末日之戰》中，以色列官員提到的第十人理論：「如果我們之中有九個人看到同樣資訊，得到相同結論，第十個人就有義務反對。」提出反意，可以減少錯誤的發生，加強改善，使計畫更加完美。

陽光照在前方山凹處，山凹被照成金黃色的一片，像折著光的鏡面。原本緊迫的時間因為行程調整變為充裕，路徑已熟，大家愜意慢走。一對較年長的夫妻迎來，裝備齊全，步態幹練，他們訝異詢問：「怎麼這麼多小朋友，都是你們的嗎？」

我笑著說：「對呀，我們兩家都生三個小孩。」

寒暄幾句後，又回到各自的路程。

二位哥哥走在前頭，弟妹們像是隨隊的小羊跟在後，十人的隊伍拉得長長的，走在陡上的路，更像是準備翻山越嶺的羊群。沒有走在新路徑的期待，卻多了走馬看花的閒情逸致。身邊開著一朵朵淡紫色的馬蘭，微彎的喇叭花形，刻著透白的紋理，小巧可愛。幾枝天南星張著輪生的細葉，像螺旋槳又像風車。大樹根盤踞裸露，說明造路前，它就已經在這裡了，散發不可侵犯的威嚴。

自古以來，黃昏時分，人們總易舀起多愁善感的情緒，像傾瀉的光，又像暈散的雲彩。我想起小時看的水墨動畫《牧笛》，從頭到尾沒有對白，讓人陶醉在舞動的水墨與笛聲中。貪睡的牧童從夢境醒來，不見水牛，連忙拾笛子一吹。水牛循清脆的笛聲而回，牧童又驚又喜，最後在夕陽下坐在牛背上回家。我和岫岫走在最後，且逛且走，慢慢收拾著迴盪在心中的情緒。

上頭傳來孩子的聲音：「我們到了，快一點。」

我稍等哄哄的回音消散，再回喊：「快到了。」然後加快腳步，呼吸漸喘。

一會兒，前面又傳來長長的聲音：「看夕陽。」

我轉頭一看，已不見剛才雲彩和光束，只留一顆紅澄澄的太陽，溫潤內斂，能微微感受到夕陽在隱沒前，依舊和煦的溫度。比起埋頭走在昏暗的林間，這是多麼美好的一刻。

走在最尾端的我，逐漸鬆下先前選錯路徑的疙瘩，明白我們當時在半路一同討論釐清位置，決定折返，便是團隊合作的結果。在大家都同意向前時，我提出反意，便成為了「第十個人」。任何人都可能犯錯，但團隊合作能減少失誤，或降低傷害。如棒球比賽的外野手，常隨著內野手移動，一旦前方漏接便能及時補位。

我和岫岫最後一個抵達，驚見大伙兒堵在步道口歡呼迎接，孩子紛紛遞上點心和飲水，慶祝我們到達終點。我笑他們誇張的行徑，也笑自己先前的小心眼。

團隊，除了共同決策外，能互相包容錯誤，彼此照顧，似乎更有價值。牧童幽幽的笛聲，又在我耳邊響起，恬淡的黑白水墨，沾上一抹夕陽淡淡的橘紅色，顯得更加溫暖真摯了。

技能、體能

我喜歡粉紅色的登山布條

禾妹走在前頭，負責確認路線。我教她先依循泥土被踏實的方向行走，若路徑相似，則察看有無登山布條。如果方向依舊紊亂，我就會對照離線地圖確認。

「登山布條在對面！」禾妹大喊，看來我們要過溪了。

在蜿蜒的山徑走了這麼久，看到溪流時，有種「終於見到妳」的感覺。雖然沒有恆河之於作家謝旺霖的澎湃感動，卻有像呵護女兒般的一絲甜蜜。悠悠的溪水繚繞著山林像條絲巾，依山勢蜿蜒。

「找路」是件有趣的事，學生時期，上山前我們每人都會配給一張等高線地形圖，先用螢光筆畫下行走的路線，以及溪水位置，核對學長姊的標準答案後，再用寬膠帶護貝起來，和指南針放在一塊，希望能備而不用。但在使用工具前，我們也希望能像獵人追蹤獵物，用的是眼睛、鼻子和耳朵，以及經驗判斷。眼觀四面，耳聽八方，觸摸獸跡，然後在鼻尖一嗅，就能辨認端倪。

有次在住家附近的郊山，看到大群人從樹林竄出，後來一問才知道是知名的野跑團體「台北捷兔」。台北捷兔成立於一九七三年，至今國內外已超過百個分支，在全世界的山林裡玩著「獵犬與野兔」的遊戲。每次活動，會由一兩名成員當作兔子，規劃路線，邊跑邊灑下麵粉。剩下的獵狗群，則會晚十五分鐘出發，然後依循地上的麵粉記號，追蹤兔子。可以想像，大伙兒玩在山林裡，不論當獵狗或兔子，都非常有意思。

一早已落過春雨，路面有些潮溼，結束蟄伏的蟲子，鳴聲羸弱，嗓子未開。

一路上聽著泠泠的水聲，清脆悅耳，卻未見著。禾妹停在岔口，低頭辨認路徑，經過幾次錯誤後，她越來越能抓到訣竅了。禾妹指著右邊的路徑說：「是這邊嗎？」我笑著點點頭，繼續跟著她走。

眼前橫著一根比頭還高一些的樹幹，所有登山隊有志一同地在這裡綁上五顏六色的登山布條，隨風飄逸，讓人聯想到藏族山裡的五色風馬旗。只是風馬旗蘊含著深厚的宗教與文化意涵，代表祈禱與祝福之意。

禾妹詢問：「為什麼要綁這些呢？」

我回答：「可以標記路線，比較不會迷路。」

禾妹追問：「那為什麼要綁這麼多呢？」

我解釋：「每一個登山隊，都想讓人知道他們有來過這裡，不想輸給別人，所以就綁上去了。」這種刷存在感的行為，像是簽到簿一樣。

禾妹好奇要我念出登山布條上面的字，我嘰哩咕嚕地念完，也不確定她有沒有認真在聽。她只回答：「我喜歡粉紅色的，最漂亮！」我笑了出來，原本還想和她討論布條算不算是垃圾的問題，就先擱著了，讓她繼續保持粉紅色的心情。

山徑下轉，水聲近大，路徑突然從樹林間岔往溪水，我猶疑地來回確認，但看著布條綁在小徑最後的樹枝上，指引意味濃厚，看似真的要往溪走了。溪石高低起落，我們沿著林子的外側走，歪歪斜斜地踏在石頭間，仔細地尋找線索，深怕錯過枝頭上的布條。雖然只是身處郊山中，但離開步道，不見路徑和指標，少了人工建造的痕跡，顯得格外蕭瑟荒蕪。

灰濛濛的雲層壓在頭頂，摸不透太陽在何方，對應著底下灰白的岩石，無雜草綠意，這種短暫脫離人跡的感受，卻吸引著心中更廣闊與自由的嚮往，不禁享受著這一刻。

在不確定之中徘徊，又像尋找大地遊戲裡的線索，有些期待。忐忑與興奮，同時存在。我想起曾有山友，會利用疊石來標示溪水高漲的位置高度，或是用來定位方向，於是轉頭對禾妹說：「找找看有沒有疊在一起的石頭，有些可能是用來提醒方向的。」

禾妹比著手勢問：「是像我們之前疊石頭，一層一層那樣嗎？」

我回答：「沒錯。」

我們在寂寥的溪床稍作停留，岫岫站在一塊小石上練習平衡，腳下的石頭前後晃動，引得岫岫咯咯地笑，掉下來後又再站上去。禾妹像小小探險家般，尋找傳說中的疊石。這個世界，彷彿只剩下我們三個人，除了水聲，只有我們的聲響。突然，看到一塊大石上刻著箭頭的標記，指往對岸，我抬起頭，便看到一大叢鮮豔的布條，在對面和我們招手。我們像看見了燈塔，卻又像從夢境回到現實。

紊亂的大石，堆疊錯置在傾斜的溪床，淙淙的溪水，一遇大石便激起水花，改變流向。雖然天氣不冷，但心裡並沒有想要脫鞋涉溪的打算。我們前後尋著適合的路徑，最後走在幾塊傾斜錯落的大石上，翻至對岸。

我對照著離線地圖，纖細的路線，果然穿過了一條淡藍色的溪水。雖可以早點確認，但太仰賴科技，便少了自行找路、探尋的體驗，同時也能體會登山布條對於迷途的登山客，是多麼重要。

對岸的路徑，比來路還要狹窄，緊鄰在山壁邊不斷上下。陡上時可看到天際，陡下則需用臀部搓著地面，還得不時揮阻擋在前頭的枝葉，像叢林探險。禾妹指著前面粉紅色的布條，提醒著我們沒有偏離路徑。稀落的布條偶爾出現，我們像獵狗依循著地上的麵粉記號，追蹤野兔。

突然，前方一道廢棄的鐵閘門，綁滿鮮豔的布條，腦海出現數十個登山隊，人聲嘈雜地經過這裡，頓時讓我們更加放心了。布條們互相纏繞、糾結，粉紅色的布條也在其中，只剩露出短短一節，隨風快速擺動，像隻蝴蝶振著翅，等待著我們的目光。

小奇萊草原

「哥哥，如果哪一天我死掉了，記得要把我的骨灰撒在小奇萊草原，那裡有我們所有的美好回憶。」我嚴肅且認真地對樂哥說。

「不要，我想撒在附近的貓空。還可以吃冰淇淋，呵呵呵。」樂哥嘻皮笑臉地回答，只想著冰淇淋。

我轉頭對禾妹說：「妹妹，如果哪天爸爸死掉，妳可以……」話還沒說完，禾妹就跑開去找媽媽，大概又覺得爸爸在發癲了吧。

高海拔的環境，加重了身體的負擔，但孩子意志高昂，沒有像要屈服的跡象。每走過一個艱難的路段，禾妹就會高舉雙手大喊：「胡帕很強，胡帕很強！（註一）」前幾次我看得笑歪，但多看幾次，眼眶逐漸變得溼潤。禾妹挑戰著她的大山，毫無保留，爬上架設的木梯，翻上比她還高的樹根，從她瘦小的身體散發能量，自她單純的心靈展現堅強的意志。

每周我們挑戰著不同的郊山路線，循序漸進，增加難度，這樣的歷程，有點類似俄國教育學家維高斯基所提出的「鷹架」理論。意指在學習時，孩子可以在成人的協助與引導下，挑戰比自己能力層級高一點的目標，完成後成人再繼續把目標調高一點引導孩子達成，像是蓋房子一樣，越蓋越高。

練習時，我們需要了解孩子目前的能力表現，然後設定目標，透過引導與支持，讓孩子相信自己的力量。在心理、體能、技巧、忍受度等方面往上提升，就能因應更高的難度。

這次的合歡山之旅，有點像是爬山小隊的期末考。平日的郊山行程，四歲半的禾妹大約可以走四公里的距離，但不同的路線，與高海拔環境，都可能影響表現。我捨棄了直上直下的「合歡東峰」，和走在戰備道路上的「合歡主峰」，而是距離約三公里，林相豐富、路線有變化的「小奇萊草原」。

天際微亮，背光的山色顯得格外黝黑，我們已離開位於清境的民宿，除了怕山上起霧外，也顧及能回來退房和吃早午餐。孩子睡眼惺忪，卻藏著一些期待和興奮。我們驅車依山蜿蜒而上，在陽光躍過稜線時，剛好行經最美的武嶺公路，白晝進黑夜退，一黑一白的邊界線隨著角度在翠綠的山坡上移動，像是專業的舞台換幕，絲毫不拖泥帶水。

下車時，熱融融的陽光刺眼，溫度持續上升。我整理著裝備，孩子在空地嬉鬧、吹著泡泡，讓媽媽待在車上緩解一下暈車帶來的不適。樂哥和禾妹各自背著自己的水、點心、衣物等個人物品。一些共用裝備，如醫藥箱、防蚊液等，則依戰鬥力配給著。我安排好隊形，樂哥走在最前頭，再來是媽媽、禾妹，我和岫岫殿後，像一支小巧的軍隊出征。

我們從碎石坡段進入高聳的冷杉林，林蔭擋住了大部分的光線，瞬時變得涼爽。路徑時而上時而下，忽左忽右，搭配著局部的光點，孩子像是邊走邊玩，又走又跳。突然，視線微微向前延伸，可以看到狹窄的谷間，山脈交錯堆疊，像舞台幕後擁擠的區域。前方一條拉繩，提醒著我們崖壁的位置，我們小心越過，轉入箭竹林，光線頓時轉為幽暗。

耳邊傳來啾啾啾的清脆聲，一隻金翼白眉跟上我們的腳步，在竹林間跳來跳去；眼睛上下繡著搶眼的白色條紋，像國劇的妝容，牠不時舞動金色與灰藍色的鮮豔羽翼，任我們近距離拍照和觀察，我們驚嘆連連。禾妹馬上說：「我可以叫牠『亮亮』嗎？因為我覺得牠很漂亮啊！」然後，禾妹沿路叫著牠的名，「亮亮」繼續搔首弄姿，不時用響亮的調子回應。

高海拔的林相和氛圍，還是有別於郊山。吸著沁涼純淨的空氣，孩子似乎比往常更有活力，積極向前。但隨著路程越來越長，濃密的竹林也變得越來越幽暗，帶著神祕。

樂哥問：「爸爸，快要到了嗎？」

我回答：「我不確定，可能快到了。但你們很努力，走得很好。」孩子的步伐依舊沉著穩健，讓我有些驚訝，似乎知道這是重要的期末考試，非卯足全力不可。我想著：「穿過荊棘後，就是世外桃源了吧。」

走出林子，踏入草原的前一刻，樂哥和禾妹正準備翻過山脊。兄妹倆向著光牆，像是要走入另一個世界，我眼尖一看，竟發現側邊點綴一個嬌小的身影，是「亮亮」。我和媽媽在後方仰望著那史詩級的英雄背影，消失在光亮之中。

走入草原，映入眼簾的是對面巍峨聳起的奇萊山系，嶙峋的稜線綿延天際，油綠的草叢散布在遼闊的谷間，空氣純淨透明帶著一絲涼意，這就是璀璨夢幻的小奇萊草原啊！孩子們興奮地跑在前頭，大吼大叫地說著山有多高，天有多藍，景有多美。他們在幾個小山頭間跑著，蒐集最美的畫面。

我特別帶了水彩用具給愛畫圖的禾妹，讓她坐在山頭，畫下眼前的山與天。她亂掉的頭髮隨風飄散，迎著天，乘著風，襯著奇萊山系，像極了《風中奇緣》的保嘉康利。身體所有的感官浸泡在山脈的雄壯與天地的遼闊中，聽著孩子的笑聲，感受媽媽掌心傳來的溫度，這是永生難忘的時刻。

註一：胡帕，是精靈寶可夢裡的強大角色，在未被馴服前，時常搗蛋破壞，戰鬥力極強。破壞時，常會「胡帕很強，胡帕很強」地喊著。

我望著妳的背影

我扶著禾妹的肩膀氣喘吁吁地跑，她用力踩著踏板，用身體去感受平衡的狀態。我提醒她：「頭抬高一點，眼睛看遠一點，用身體去感覺。」

我稍微加速，然後慢慢鬆開手。她大叫：「我會騎了，爸爸你看我……」和繪本《不要放手喔！》裡的情節如出一轍，女孩騎得越來越遠，爸爸的眼眶也越溼潤。我還不習慣，也還沒有心理準備，但她似乎都已準備好了。

大自然中，雛鳥成熟後終將離巢，展開各自的旅程。步道課中，禾妹和她的好朋友跟著老師走在前頭，我和岫岫走走停停落在後頭，距離一拉遠，我看不到禾妹的身影了。雖無安全疑慮，但心中還是些微忐忑。禾妹也將像樂哥一樣，變得獨立，去探索和學習。

「爸爸，我要喝水。」禾妹傲嬌地說。

「水壺在妳的背包裡啊，妳脫下來就可以拿啦。」我平和地回應。

「吼唷，你就不能幫我拿一下嗎？算了啦，我自己拿。」禾妹憤然，故意弄出很大的動靜，而我打算冷靜處理。這是剛開始爬山的禾妹，常出現的狀況。但事實上，並非每次都不幫她拿水壺，例如在她很累或是提東西不方便的時候，我甚至會開好蓋子遞給她。只是想讓她知道，這是她分內的事情。

春夏交替之際，身體已得疲憊地適應越來越熱的氣候。山徑綠意盎然，生氣蓬勃。林相乍看雷同相似，細看則可瞥見驚奇。一處過山龍蕨匐滿邊坡，張牙舞爪地盤踞，氣勢懾人，實如其名。但每個枝條末端，卻像水草般輕柔細緻，毫無違和。路徑些微轉下，岫岫牽著我加快了速度。

「爸爸，等我一下啦。」禾妹在幾步之後叫著。

「我會等妳。」我和岫岫逐漸減速。

「那你就不要再走啊。」

「我們會慢慢走，妳很快就會跟上了。」

禾妹確實很快就跟上了。面對孩子的索討，我常解釋：「如果這件事情很難，我會幫助你。可是如果是你可以做到的，你就應該要自己去試試看。」山上受限的情境和資源，似乎很適合訓練孩子獨立自主，練習處理身邊的事物。

從收整自己的背包、打理衣帽，讓孩子從責任中，慢慢建立起獨立的性格。獨立將擁有選擇權，當然也將為自己的行為負責。一旦習慣了，孩子便慢慢體會到獨立的好處。禾妹開始和樂哥一樣，喜歡走在前頭，查看路徑或是獨立面對不同的路況。褐色的大石錯落，布滿青苔，禾妹小心地手腳並用越過，但還是在最後一處石塊，滑了一下。她起身拍了拍衣褲，和我報告情況後繼續前行，留著褲上一大塊汙漬。禾妹不時停下來，察看我和岫岫，與我們保持在視線範圍內。

突然，前方傳來禾妹的聲音：「爸爸，我找到七葉一枝花了，快過來看。」我和岫岫小跑步上前，果然一株「七葉一枝花」亭亭玉立地站在草坡上，像它的名一樣直白、乾脆。

我驚嘆：「妳怎麼這麼厲害，而且還記得它的名字。」

禾妹靦腆地笑說：「我記得啊，然後我轉頭就看到它了。」

我拿出一張千元鈔票給禾妹。她疑惑地問：「要幹什麼？」我請她仔細找找，然後她大喊：「我找到了，七葉一枝花在這裡耶！」就像施了魔法，我們的回憶將隨著禾妹的指頭，封印在鈔票之中。

鳥兒清脆地叫，溪水涓涓地流，山裡的綠有千種變化，不論如何搭配，總不失協調和美感。山徑有時會出現沒有指標的小岔口，這些小路段大都方向一致，且都綁有登山布條，所以通常不久就會相會。當禾妹選擇右，我則選左，剛開始她會緊張地繞回跟在我旁邊，還嘀咕著我怎麼沒跟著她走。我解釋路徑安全，不會迷路的。幾次後，禾妹開始喜歡和我分走不同的路線，比賽看誰先到達交會點。短暫的分離，才幾秒鐘，卻掛念了起來，然後在交會時相視而笑。

親子間牽絆的形式，終將不停地改變，迫使我們必須接受與適應。為人父後，每當看到優秀或有才華的青年時，我常思考：「怎麼樣的環境背景，會教出怎樣的孩子。」我們的教養經歷，都會留在孩子的生命中。

大學畢業結束教育實習的那年，一個下著小雨的清晨，我穿著雨衣騎著載滿裝備的單車，獨自展開環島之旅。我記得父親送我出門時看似輕鬆卻始終有點擔心，我也記得電話那頭，最疼我的二阿姨焦急想阻止的心情。雖然我不能把起因歸咎於電影《練習曲》，但那是學習獨立、相信自己的美好旅程。出發前，我已設定不想和好友共騎，因為夥伴共行的愉悅會讓感官過於放鬆而無法專注於眼前。我想成長、體悟，相信自己一定騎得完，能應付一切的信念。

到了步道課中段的休息時間，大人小孩們圍著涼亭各自休息。禾妹熟練地解下背包，放妥後說：「爸爸，我去洗手喔。」就往洗手台的方向走去。回來後，禾妹自己剝茶葉蛋吃，配著水，吃完後將蛋殼廚餘收拾乾淨，再拿出餅乾說：「我去和小朋友分享喔。」然後向著好朋友的方向走去。

禾妹隨著老師的說明，嘗了嘗南美朱槿和紅樓花的味道，又試了試九節木和火炭母草的果實。一會兒，便蹲下聚精會神地察看，拾起一顆青剛櫟的種子端詳，再放入胸前的素材蒐集罐中，儼然像個小小探險家。老師詢問是否要戴戴一只嫣紅的手環，禾妹自告奮勇地舉手，讓一隻磚紅盾甲馬陸纏繞在手上。禾妹表情興奮，轉動手腕讓馬陸爬行，然後傳遞給下一個孩子。

我想起小時候入幼稚園前，由爺爺照顧我，下午常會到附近的將軍墓園散步，爺爺習慣將雙手交叉於背後握著，我則背著一個黃色的小觀察箱跟著走。三個圓弧狀的墓塚相連，後方有一小徑可繞一圈，前方則有一片青翠綠茵的草地，每踩一步便有幾隻蚱蜢紛紛跳開，若向前跑，牠們便是連續逃竄。我忘記爺爺除了抽幾根菸之外的時間在做什麼，但他常拔一把草放入我的觀察箱，然後不時放入蚱蜢、螽斯或是螳螂，當成我的戰利品。回到家後，我便不盡地把玩牠們，捉了又放，放了又捉，讓牠們在客廳逃來跳去，練就抓蟲的好身手。

看著禾妹和好朋友聊天，獨立參與課程，突然感覺和她的距離好遠，像是她會騎腳踏車的那一刻。是喜悅，也是不捨；是長大，也是分離的開始。但又在她身上看見我的縮影，愛好自然、喜歡挑戰、萬事自己來的獨立個性。我以另一種方式，和她保持牽絆，但不是離開，她始終是我的女兒。

「爸爸，等下下課我們可以去吃什麼呢？」禾妹挨著我的身子撒嬌，我笑了笑，把她抱得緊緊的。

飲食

最單純的滋味

我打開餐盒，裡面是早上才剛煮的白飯，晶瑩剔透，黏度剛好，鋪在海苔上方便捲起。米飯，因為冷卻更顯Q彈，配海苔的清脆和鹽味，滋味簡單，卻很滿足。

我喜歡在山上食用簡樸的料理，或是原型食材，摒除人工的調味，讓孩子感受食物本身的味道。如玉米筍、毛豆、水煮蛋、雞胸肉、蘋果、香蕉、地瓜等，都是我喜歡帶上山的食物，方便料理，又能兼顧營養。據說日本從前的登山文化，只需攜帶米、味噌、鱈魚乾就能重複吃上七至十天的行程，只是得耐得了單一的口味。雖然難以想像數日重複吃著相同的食物，但山上的情境，總讓人有著不同的味覺和感受。

我父親很不喜歡吃地瓜，母親說是他小時候生活苦，已經吃太多了。相反的，我祖父總喜歡在煮飯時，切幾塊地瓜一起蒸，能同時吃到紮實的白飯與香甜的地瓜。地瓜的滋味，對他們父子倆來說，有著截然不同的回憶和感受。

岫岫搶走我的湯匙大聲說：「我會，我會。」他想和姊姊一樣，自己包飯捲。

飢腸轆轆的我們，口中分泌充足的唾液以分解澱粉，米飯變得更香甜。我想起日式飯糰裡總喜歡放一顆梅子，向禾妹說：「妳去看看，有沒有紫花酢漿草，摘一些花回來。」

禾妹驚訝地問：「要加在飯裡面嗎？」我點點頭，姊弟倆跑向一旁的草地採集，幾分鐘後，笑嘻嘻地帶回一把紫色的小花。我們將紫花和白嫩的根，剁成一段一段摻在飯捲中。清脆咬下，酸溜溜的滋味馬上鑽出，清爽滋味，真適合悶熱的天氣。

很快地，飯盒淨空，只剩一些沾黏的飯粒。禾妹和岫岫分別拿著飯盒和蓋子，一一舔盡。山上受限的糧食，很自然地讓孩子學習珍惜食物。我想起菲律賓導演 **Ferdinand Dimadura** 製作的短片《炸雞套餐》（*Chicken a la Carte*），敘述一名男子深夜至速食店廚房，挑揀客人未吃完的炸雞和廚餘，準備帶回。清晨時分，男子踩著三輪車返抵村莊，孩子們興奮圍繞，爭相取食。回到家中，妻子將炸雞放在潔淨的盤中，與孩子一起禱告。影片結束前，不忘提醒世人，每天約有二．五萬人死於飢餓當中。

孩子蹲在地上，看著腳邊的螞蟻成對排列，正分食著一隻琉璃紋鳳蝶，金綠色的翅膀已失去光芒，微微抖動。原以為鳳蝶仍在掙扎，細看才知道是因為螞蟻撕咬而顫動。

禾妹憐憫地說：「爸爸，牠好可憐喔。」眼神直視地面。

我回答：「牠雖然死掉，但變成螞蟻的食物，螞蟻會帶回去給牠們的家人和孩子吃。」

禾妹說：「可是我不想要牠死掉，牠很漂亮。」

我平和地說：「大自然是公平的，不論牠漂不漂亮，只要牠老了，或是不健康了，就會被大自然淘汰。」我想著大自然的公平，與人類世界的不公平，不禁鼻頭一酸。我們都是很幸運的人，有健康的身體，能有機會親自走入山，體會山的樣貌。

蟬聲激昂高亢，襯著豔陽，幾個蟬蛻掛在樹皮上，像是時間靜止般不動，我拿下給禾妹和岫岫一人一個，勾在衣服上當胸針。自然界的定律，從不停歇，背地裡不斷運行，時間流轉，方生方死，沒有例外。

五分飽的肚子，短暫休息便可繼續行走。血糖上升，讓肌肉又充滿力量。我們離開視野遼闊的平台，很快便轉入陡下的路徑，狹窄且蜿蜒，禾妹嬌小的身影，埋沒在兩側繁生的枝葉裡。背上很快地又變回溼熱黏膩，樹影些微搖晃，底下的我們卻得不到一絲的涼意，體內的能量隨著汗水一滴一滴消耗。

終於穿出樹叢，進入遼闊好走的山徑，高大的相思樹，隨著涼風擺動細細的枝葉，像是吹整完的狗毛那般蓬鬆，身體也不再感到悶熱。

我從背包拿出小蘋果給禾妹：「給妳。」

禾妹興奮地說：「耶，是蘋果。」馬上大口地咬下，門牙切入果皮，換來多汁的果肉，根本不在意有沒有削皮。嘎吱幾聲，渾圓的蘋果變成乾瘦的果核。禾妹拿來給我，我換給她小番茄。

禾妹又驚訝地說：「怎麼有小番茄，爸爸，你怎麼不先拿出來？」我揚起眉毛假裝不知道誰先誰後的差異，禾妹往岫岫跑去：「弟弟，是小番茄耶。」這是他們的最愛，我賊賊地笑，心想：「如果先拿出來，蘋果還有人吃嗎？」我一次僅拿出一樣點心，像動作慢吞吞的餐廳上著桌菜，吃完一道，才上下一道，讓每道菜都備受歡迎。有時，我在出門前還得偷偷摸摸準備餐點，以免菜單漏餡，防止客人不吃前菜，只等主餐。

相較人類，山裡的動物又如何取得食物呢？食物鏈頂層的鳩鳥在空中盤旋，巡視動靜，等待機會。鳥兒在枝頭吃著樹果，一邊尋覓蟲子。馬陸、麻蠅、螞蟻等底層生物，負責分解和清除。挑食與浪費，似乎不存在於自然界。動物們努力尋，仔細找，將取得的食物變成能量，只為達成繁衍的任務。

步道逐漸接回馬路，兩側人工植栽，物種單一，外型死板。眼尖的禾妹指著一粒粒紫黑色的果實問：「爸爸，這是春不老嗎？」

我看著扁球型的漿果，一嘗便是熟悉的酸澀滋味。我點點頭說：「是耶，妳真厲害，妳可以當小鳥了。」

禾妹和岫岫笑嘻嘻地摘了幾顆，禾妹不忘提醒：「不能摘太多，要留給小鳥吃喔！」

單純的滋味，拌著分享的信念，我想，這就是登山食的最真實的味道吧！

探索、遊戲

好無聊喔！都沒有玩具好玩

摘一株黃鵪菜棉花般的種子吹散在空中，撿一個楓香的刺刺果做成指環，拔一根紫花酢漿草玩勾勾草的遊戲，或切一段象草的小尾巴花序，邊走邊搖。林子裡藏著這些好玩的把戲，讓孩子可以邊走邊玩，增加許多樂趣。

我們沿路走走停停，禾妹在和樂哥的勾勾草大戰中又嘗敗北，小心翼翼地把葉莖外皮撕下，留下一絲嫩白的纖維，卻一秒鐘就扯斷了。忿忿然，禾妹好想趕快找一根又大又粗的葉報仇。有時候，常出現在你眼前的東西，會在你需要它時遍尋不著，更加惱怒。我說：「現在林子裡沒有太陽，等下有陽光的地方再找找看，它們喜歡有太陽的地方。」禾妹聽完後依然故我，又撿了一根細軟的葉莖，繼續挑戰，結果可想而知。我們負氣到達山頂，一塊草地受光充足，幾叢巴掌大的紫花酢漿草「選我選我」地搖著手，禾妹興奮地選了幾根最大的葉，果然嘗到勝利的滋味。

一路走走看看，尋找著各種大自然的小遊戲，眼看，手做，有時也要動動腦。我們行經一片私人的竹林，竹子一叢叢地群聚，起伏的地勢鋪著散落的黃褐色竹葉，一陣風吹起嘎嘎的碰撞聲，竹林剎那甦醒，竹葉紛紛翻轉而落，帶著清香，形成獨樹一格的氛圍。

我想起小時候，有次母親答應我和哥哥，要幫我們製作竹筒槍，便帶著鋸子到附近的郊山尋找材料（我想我的行動派作風，一定遺傳自她）。我們停在一叢竹子前，母親亮出鋸子，熟門熟路地開始行動，三兩下就鋸下一段口徑較粗的中空竹管，接著選了較細的竹子，也鋸下一節，並在一端保有竹節。

我拿著較細的竹子說：「我不要這個節，幫我也鋸掉啦。」

母親一副你小孩子不懂的表情說：「有竹節，做槍的時候才可以卡住。」

我聽不懂母親說的，只好臭著一張臉回家。

鬥完了紫花酢醬草，禾妹蹲在地上蒐集像是小鳳梨的木麻黃果實，精緻的孔隙，若再搭上一顆紫薇的果實做冠芽就更像了。近年，幼教圈掀起一波「鬆散素材」的旋風，每間教室角落都有幾籃樹枝、小石頭、貝殼、果實、瓶蓋、紙捲等素材。孩子可以拿著托盤，將素材擺在盤中創作。例如，排列成曼陀羅式的圓形設計，或是放上樹枝、小石，搭配動物模型，便營造出活靈活現的森林情境，草食與肉食性動物大戰的戲碼，隨時都可以上演。

鬆散素材具有低結構的特性，也就是能變化出多種玩法。我想起父母親成長的年代，物質缺乏，這不都是他們從前在田埂間、林子裡玩的素材嗎？加入想法，發揮創意，蛤蜊殼可以是珠寶盒、盛食物的容器，反過來便是一頂小帽子。

反觀，家裡已有成堆玩具，禾妹和樂哥依然不時抱怨：「好無聊喔！都沒有玩具好玩。」少了想法和變化，機器人始終是機器人，小護士娃娃依然只能當護士。

孩子們蒐集許多大小不一的枝葉，用較粗的枝幹在地上圍了個範圍，在中間擺上了成堆的青綠色楓香葉，像是燒著營火。樂哥不時撒上揉碎的葉片，飄散在上頭像極了灰燼。一會兒後，營火變成了大鍋菜，禾妹拿著兩根樹枝炒啊炒著，又加入了其他的樹果調味，最後用大片的葉子盛起，配上幾塊圓形石做成小菜，擺兩支小樹枝當作筷子，像是高檔的創意料理擺盤。孩子們笑嘻嘻地送餐來，看著大人裝模作樣地吃著，他們笑得更開心了。

些微的小雨斷斷續續地飄，像多愁善感的情緒，想釋放卻保持矜持。孩子的心情絲毫不受影響，樂哥和禾妹鬼鬼祟祟地在前方草叢，彎著腰不時偷看我和岫岫。我們一走近，「黏黏子彈攻擊！」十幾根大花咸豐草未成熟的綠色瘦果，快速飛來。岫岫連忙拔起身上的子彈，迅速反擊。

一場大戰立馬展開，邊攻擊邊閃躲，我用背包抵擋子彈，停在草叢邊補充彈藥，樂哥和禾妹見狀也開始補充。我將子彈分給岫岫，一同大喊「攻擊！」衝向前，樂哥竟丟出一枚黑色子彈，是枚成熟的瘦果，像是霰彈槍各自黏在衣服上。

「不行丟黑色的啦！」我大喊。

結果這時，禾妹也朝樂哥丟了一枚黑色子彈，正中衣領，刺得樂哥牙癢癢的，兩方戰爭轉為各自為政的大混戰，岫岫的背後布滿許多瘦果，像是刺蝟，卻渾然不覺。

休息時，我們各自低頭拔除身上的瘦果，背部位置，則互相幫忙，像獼猴理著對方的毛髮。心想，若是一人獨行，這些遊戲還玩得起來嗎？小雨停歇，天色已開，腳邊的銅錢草，依舊撐著一頂頂的小傘，沾著雨滴，姿態優雅。我摘下一片帶莖的葉，用指尖旋轉，像竹蜻蜓般飛出。樂哥和禾妹察覺好玩，也過來試試。

禾妹試了幾次不成，開始埋怨：「吼呦，我的都不會飛，我不想玩了。」

樂哥馬上主動幫忙：「妹妹來，我教妳。手要這樣，有點向上，要這樣轉……對，成功了。我們一起射好嗎？」

又努力了幾次之後，禾妹開心地喊著：「爸爸你看，我會了。」我稱讚她有努力嘗試，提醒她記得和哥哥道謝。岫岫忙碌地撿回落下的銅錢草，只要我們射給他看，「咻咻咻」歪斜亂竄的路徑，反而引來他咯咯咯地笑。

一支支小傘歪歪斜斜地飛出，葉心淡黃的小點因旋轉而暈散，飛得不遠，卻轉得精彩。所以有玩不盡的遊戲，和鬥不停的嘴，都因為彼此才得以存在。如地衣裡的真菌和藻類互利共生，又像鬆落的土石被樹根緊抓著，同時供應著養分一樣。

我們在簡單的遊戲中，投注熱情和想像，也為山裡的時光和記憶，點上繽紛的顏色。

去冒險、去犯錯、去學習

孩子們盯著螢幕欣賞動畫影片，突然興奮地站起來，跟著螢幕裡滿頭捲髮的費老師，齊聲大喊：「同學們！去冒險，去犯錯，去學習。」我誇張地望著他們，他們臉上得意的笑，告訴你他們等待已久，知道費老師會這樣喊了。

《魔法校車》是套兒童自然科學動畫，每集費老師都會帶領班上同學，搭上百變的黃色校車，展開探險旅程，深入了解每個問題和意義。像是變身成鮭魚，探討鮭魚洄游的歷程，或是縮小進入人體，觀察血氧的運作。內容深入淺出，孩子們百看不厭。

我腦中還響著孩子們跟著費老師大喊的聲音：「去冒險，去犯錯，去學習。」我牽著岫岫，走在今晚營地附近的小徑上。他在我左側拾級而上，而我走在旁邊的土路，在許多山徑的階梯段，旁邊常會有一條大家走出來的泥土路。

孩子們總喜歡走階梯，快速且俐落，而我則緩步踩在泥土上，留心腳點，調整呼吸。兩條路都可以走，各自喜好。

小時候，我母親在詢問我意見時，常會提供幾個選項，但最後她卻會堅持她認可的最佳選項，我們常因此發生爭執。母親希望的，是讓孩子先思考判斷，然後再提供過來人的經驗，希望孩子選擇CP值最高的那個，求好心切。但許多實例，都證實走過這一遭才能累積更多的經驗與能量，或是憑著自己的想法與喜好，單純想走迂迴一點、崎嶇一點的路線罷了。甚至，只是想走自己的路。

近年來，教育界普遍重視孩子能發展出「帶著走的能力」，強調思考與探究的重要性，更勝於知識學科。如我們在幼兒園裡，希望每位孩子都是「小小探索家」，能在生活中主動觀察和探索，發現問題、嘗試解決，然後檢視、修正，不斷循環，愛上「學習」這件事。

若我們以旁觀者的角度看待「解決問題」這件事，會發現它是多麼迷人的一件事。從伊索寓言中烏鴉將小石投入水瓶喝水，到靈犬萊西、哆啦A夢、柯南，以至我們小時候崇拜的馬蓋先，每個動畫、每部電影，都圍繞著主角面對困難、解決問題的歷程，然後看著主角堅毅、機智的突圍，燃起澎湃激動的血脈。

在山林間，在雲霧後，也藏著無數的問題等我們去發現，或是不經意地丟出考題，讓我們學習。孩子們仰望樹頭上的飛盤，想在與它道別與放棄前再多看一眼，旁邊散落著鞋子、球和一些玩具，都是嘗試擊落飛盤卻失敗的物品。

就像劇情裡總是先跌落谷底，再慢慢向上，吊足觀眾的胃口。孩子開始互相責難，雙方都想把失落感丟在對方身上。

「都是你丟得太用力啦！」

「你剛剛也丟很大力啊，是你不應該站在那裡的。」

「是我丟的嗎？是你丟的耶，怎麼怪我。」

「你也丟很大力啊，我也不行嗎？」

我站在遠處，看著孩子們如何解決問題和思考，以及如何爭辯。看著他們轉移焦點，只顧著爭論，我想是該出手的時候了。因為露營關係，我提了一袋營柱

「鏘鏘鏘」地走過去，像是敲響孩子的腦袋。樂哥一把接過營柱，開始和其他孩子解釋該如何做。小蜜蜂們嗡嗡嗡地開始工作，打算接起營柱。

「接這裡接這裡。」

「這裡沒辦法接啊。」

「不是啦，那支是最頂端，不能接。」

「對，那個要壓一下才插得進去。」

營柱二節、三節、四節，越接越長，但也越變越重、不好控制，需要兩三個人合作才能撐起。小蜜蜂瞬間變成了工蟻，合力將營柱舉高瞄準飛盤，手再舉高一點，再高一點，還差些距離。營柱又被放下，孩子繼續加工，變為五節。原本以為能一舉成功，但五節營柱已重得舉不起來，只能抵在地面。營柱又再次躺平，繼續長高成六節。六節的高度已能勾到飛盤，但要將營柱撐起、穩住、瞄準，便成為工蟻們努力的方向，每當營柱方向偏移，接著就是噹啷地倒下。孩子們大聲吆喝，興致依然高昂。

大樹悠悠搖曳，發出沙沙的笑聲，看著地面的孩子們。能輕鬆抖落飛盤的她，似乎很滿意孩子的表現，看孩子們有沒有盡力，有沒有合作，有沒有因為挫敗而分歧，有沒有因為最後的成功而產生更濃的羈絆。最終，飛盤隨著一小叢枝葉一起落下，我想大樹是不會介意的。回歸地面的飛盤，已乘載著他們同心協力動腦、動手以及動嘴爭吵的經歷了。

小學某個時期，我曾一直思考為什麼要學數學。不停比較誰有多少錢、路上有幾盞燈，或是農場裡的雞和羊共有幾隻腳之類的問題，大人總回說：「幫助思考啊。」長大後，才發現這些邏輯與思考脈絡，是多麼重要。甚至運用在人際關係或和家人相處上，分析情勢，找出問題，修補感情。

小巧的營地躲在谷間，山勢圍繞，不自覺地望向寬闊的藍天，像處在井底的蛙，但沒有幽閉的不適，而是被山環抱的安全。突然間，風起雲湧，巨人的手掌遮蔽了天，並開始傾倒如瀉的水，雨勢猛烈地想打穿繃緊的天幕，噠噠噠的雨滴快速而密集，隆隆的雷聲持續地響，我們像受驚的貓咪躲在天幕下，看著一些來不及拯救的物品，已淪為落湯雞。

天幕上的雨滴，迅速地由高往低滑，並聚集在幾處已疲乏下垂的位置，天幕被壓低到觸手可及。

樂哥大喊：「這裡開始滴水了。我們的墊子要溼掉了。」

我察看，車縫線老舊的防水膜已不堪負荷。禾妹已拿著一節營柱在積水下方頂呀頂著，水便一灘一灘的倒下，蹲在底下擦著地墊的媽媽剛好被濺著。轉頭，便是一枚犀利的眼神。這時雷聲轟隆，一陣慌亂哭鬧，媽媽只好放下工作，安撫禾妹和岫岫。

我拿著工具穿上雨衣，拉起水線。「哥哥，幫我再拿一個C扣，小的，金屬的。……幫我拿一根大黑釘。……幫我把RV桶先移到旁邊。……幫我接兩節營柱給我。」我在外，樂哥在內，忙一陣子終於處理好排水問題。天幕像是被重新拉皮，重展精神。雨水分流，水勢從各條水線流下，像是車流順暢的交流道，讓人看得療癒入神。

天色昏暗，我們提早點亮營燈。雨勢打亂了節奏，心頭仍侷促不安。飛蛾圍繞著懸吊的營燈，焦躁地鼓動翅膀，像是想要明白燈與火之間的差異。我盯著牠，眼神因放鬆而失焦。我提醒自己，有時問題的關鍵並非去解決，而是如何去看待。如禪語：「見山是山，見山不是山，見山還是山。」

雨勢到入夜後漸歇，原本有些焦躁的情緒也緩了下來。我不再愁於溼漉漉的裝備和停滯的行程，有些問題永遠都在，也永遠不存在。心情像大雨洗滌後的空氣清爽潔淨，像葉上的雨珠一樣透明，映著帳篷前那盞橙黃色的燈火。

手的記憶

美國教育學家杜威，曾提出「做中學」的概念，強調幼兒需經由實際的操作和體驗來深化學習。此概念，多年來深耕在國內外的幼兒園中，也是教師們最重視的學習方式之一。

兩棵高大的杜英，滿是火紅的老葉，溫暖的谷風吹起，便下起鮮紅色的雨，此起彼落，美不勝收。孩子們蒐集著披針形的葉，將一片片大小不一的葉，依葉柄的位置排列整齊。當蒐集成一小把時，再用絕緣膠布捆起固定，成為花束。過去，我們也曾把溼地松的松針，或是黃褐色的楓香葉，如法炮製，只要數量一多，膠布一綑，於是松針變成掃把，楓香則成金黃的花球。孩子們發現，經過簡單的巧思和手作，這些自然素材有更多的可能。

這些又黃又綠又紅的葉，讓我想起繪本作家陳彥伶《狐狸與樹》的故事。

「如果有一天，我變得跟你一樣，又紅又白，你是不是就願意跟我做朋友？」大樹對狐狸說。如此不同的個體，因為大樹的一席話，因為他們外觀顏色的轉變，而開始產生連結，漸漸嶄露真摯的情誼。春去秋來，原本桀驁不馴的狐狸，最後，卻暖心地在臨終前，為大樹種下一棵櫻花為伴。

許多學習與轉變，是多麼自然而然地發生與進行著。我望著天，遠眺山色，徜徉在山中，心頭滿是綠意。若在山裡的時間長，我和媽媽常會準備一些素材和工具，讓孩子可應用山上撿拾而來的材料，進行簡單的勞作。

我們在帳篷旁的大樹下歇息，媽媽拿出了毛線球，有紅黃藍綠橘紫各種鮮豔的顏色，讓孩子慢慢地纏繞在樹枝上。孩子兩手分別拿著毛線和樹枝，相互擺動，像是有規律的捲線器，一圈圈地繞，不疾不徐。禾妹捲著紅色的毛線像是火焰燒上樹枝，樂哥的樹枝纏上一段段不同的顏色，像是開滿了花朵。媽媽則把樹枝固定成菱形，毛線整齊排列其中，結成紗網，並點綴著幾顆珠子。

在幼兒園中，老師有時會安排類似的「靜心活動」，如串珠、拼豆、穿線板、貼貼紙對應……等，藉由一次次重複性操作，讓孩子的情緒穩定下來，達到靜心的效果。當心靜下來時，感官和思緒似乎更為甦醒，看著樂哥幫禾妹將毛線打結，岫岫在旁邊幫忙傳遞剪刀、黏膠等工具，這些家人之間的小動作變得更真切溫暖。我們一家子在山裡，吹著變得更涼的風，看著變得更翠綠的山，聽著更清脆的鳥叫聲，感受著越來越濃的情。

剛接觸幼教時，我總好奇為什麼幼兒園孩子總是「做」個不停，一下蓋火車站，一下組遊樂場。紙箱、瓶罐、各種回收媒材，堆置在教室某個角落。孩子拿著剪刀、畫筆，搭配毛根、蒲草，無時無刻，都有做不完的勞作。各自創意，各自忙碌，腦袋不停地運轉。

自然界中有許多微小的驚奇，總藏在細節中不輕易讓人發現。然而最讓人為之一亮的，往往在視而不見的平常之中。樂哥撿回了幾顆楓香的「刺刺果」，拿著尖嘴鉗又鑽又夾，拔除頑固的種子，磨著耐性。這時，果實裡層精妙的結構，慢慢露出，這在中藥學裡被稱為「路路通」，一看便知名稱的由來，據說水煎服用有著祛風通絡、利水除溼之效。它是由完美工整的六角形和五角形組成，像是足球又像蜂巢，樂哥拿在手上端詳，百看不厭。眉眼微揚，嘴角彎起，讚嘆大自然的工法之餘，應也在稱許自己的耐心。

媽媽問：「妹妹，妳的人偶頭髮要什麼顏色？」

禾妹說：「我要白色，像Elsa一樣。」然後媽媽用打火機烤著熱熔膠，膠條冒出一絲白煙後，沾在樹枝做的人偶上，再黏上白色的毛線。最後，放上兩個動眼睛，歪斜的樹枝拼湊出的人偶，即便四肢僵硬，竟也活靈活現。

徐風迎面，一波波吹來，掛在營柱上的風鈴叮噹響，搖曳著一串串各式果實、媒材串成的風鈴，瓶蓋、塑膠湯匙、芒果籽、雪花片、核桃殼……等，每一樣都是親手製作，樂哥正為它加上幾顆「路路通」。

翌日陽光普照，一早便將帳篷烤得熱呼呼的，八點鐘不到就得逃出帳篷。收整後，我們沿著小徑轉向溪邊，溪床布滿大小不一的石頭。岸邊的石頭，被曬得灰白炙熱，沾溼的鞋印一抹，很快就蒸發殆盡，幾叢枯黃的野草，也承受不了。對比岸上的荒蕪，溪水波光粼粼，無比沁涼，避開反射的光線，得以看到水下一群群奔游、快活的魚兒。我順手撿了幾塊扁平的石頭，打起水漂，彈了幾下。孩子們馬上就注意到了，馬上加入。我說明了要領，他們便開始尋找適合的石頭，開始嘗試。

「三下！……四下！」樂哥一次打得比一次好，逐漸抓到訣竅。反倒禾妹，幾次不成，便開始懊悔。「妹妹，妳的手要這樣，妳看，妳看這邊。」樂哥連忙教著說，但禾妹不領情，更不想看哥哥表演。

溪水潺潺，陽光烈烈，魚兒持續在水中逐波追影。溪泉依舊冰涼，在水裡泡久了，還得不時到岸上曬太陽，好讓身體回暖。岫岫持續丟著他的深水炸彈自娛，水花濺得滿臉。氣惱的禾妹，被媽媽邀去疊石頭，一塊塊扁石由大至小向上堆疊。若一塊石頭些微凸起，就必須找一塊有凹陷的互相填補，確保平衡。

禾妹大聲地嚷嚷：「媽媽，快來幫我，快要倒了！」禾妹扶著將要傾倒的疊石，不想讓它就這樣倒下。我前去搶救，但也阻止不了已散亂歪斜的結構。

我和禾妹重起爐灶，除了備妥一片片扁石外，還有一些小碎石。當扁石放上後，發現不穩之處，便用小石去支撐固定，讓每層維持水平。像是蓋房子得從地基逐層向上，不得馬虎。禾妹蹲站在側，讓眼齊平石面以檢查是否水平，然後再用小石去調整角度，若小石太大則換成小的，若太小則將它塞入縫隙，再加上一塊大的，與其說「疊石」，反而比較像是在「起厝」。

我的高中導師曾對我們這群漫不經心的少年說：「最淡的墨水都比你的記憶來得深。」督促我們動手寫筆記，而非自負地相信自己的記憶。但如果用心經歷一件事，而非坐著聽講，事件的一點一滴都將深深地刻劃在腦中，可能是畫面，可能是感覺，也可能是聲音和氣味，遙遠也將變得真實。

在多元智能的觀點中，每一種嘗試和體驗，都伴隨著多方面的學習。許多家長常問孩子在幼兒園裡做什麼，得到的答案常常是：「都在玩啊！」讓人哭笑不得，但對於孩子來說，如果當下的工作讓他們覺得愉快，便是如此的感受。

我們常試著讓孩子多累積經驗，例如在經過一小段泥沼時，我為孩子搬幾塊石頭放在中間墊腳通過。在沒有腳點的路段，我立起膝蓋讓他們踩著上攀。努力增加孩子的參與度，鼓勵他們挑戰，希望這些山裡的記憶能更深一些。

我看著幾片葉子被吹落在溪水中，在水面上邊漂邊轉，一會兒後，行經一小段落差便被捲入溪水中隱沒。我還來不及前去查看葉子捲去了哪裡，它們便再度浮起。像是突然忘了某個重要的事情，心靈頓時一空，然後再度想起，於是叮嚀著自己不該再遺忘。

我想著，每當大樹楓紅雪白之際，即便有櫻花作伴，必定也會想起又紅又白的狐狸。我轉頭看著孩子正專注地玩，以山水為伴。希望孩子能記住山，記住樹，記住陽光，記住有你也有我的日子。

畫出心裡的樣子

瀑布傾瀉，落在下方岩壁上啪噠啪噠，濺起氤氳的水霧。山勢圍成凹狀，回聲繚繞推波，氣勢磅礡。一位阿公換上短褲，裸著上身，頭頂套著塑膠袋遮蓋頭髮，在後方打結固定，突然唱起高亢的山歌，激昂處更舞動起雙手，鏗鏘有力。唱完後，雙手合十，恭敬三拜，走入瀑布之下。

禾妹起初被阿公嘹亮的嗓音嚇著，之後表情轉為疑惑，要笑不笑。她坐在一旁的塑膠椅上，腿上擺著夾板和紙，手裡握著畫筆。岫岫在另一張椅上，依樣畫葫蘆。

我問禾妹：「妳有沒有把唱歌的阿公畫進去啊？」

禾妹喜孜孜地說：「有啊，還有畫我和弟弟。」圖中，唱歌的阿公粗壯鼎立的模樣，的確能抵擋高處劈啪落下的水柱，氣勢不亞於瀑布。

我喜歡看他們具有豐富想像力與創造力的作品，更愛他們創作時的專注神情。所以，我習慣在背包裡，備著簽字筆、蠟筆和畫圖本，經常在爬山休息時，或是在餐廳等待餐點時，讓孩子畫圖創作。

禾妹正值幼兒繪畫的黃金時期，筆下常是她心中想的畫面，有著天馬行空的想像力。此外，也因孩子在許多物理和邏輯上的不成熟，產生許多角度和對比上的衝突，成就獨一無二的畫面，反而讓人喜愛。相對的，當孩子再長大一點，常常開始執著於「畫得像」，下筆時反而怯生生，不敢恣意地揮灑、創作了。

孩子在自然的薰陶之下，透過顏色與線條，展露想法和情緒，精氣神融於畫筆。幾隻福壽螺在濁綠的溪石彎彎曲曲地走著，留下的軌跡像迷宮又像藏著數字密碼。腳邊一叢通泉草，容易被忽略的嬌小身影，細看卻像淡紫色的蘭花身形，別致優雅。頭上的人面蜘蛛正曬著太陽，細長的腳黝黑發亮，自信地停滯在做工完美的絲線上，姿態令人稱羨。有時禾妹看似專注地臨摹，卻畫出八竿子打不著的事物，令人匪夷所思，哭笑不得。但只能說，當下的情境感受讓她畫出這樣的畫面吧！

我們坐上貓空纜車的水晶車廂，孩子們趴在透明的地板上，想像著自己是隻鳥，俯瞰樹冠，一點也不懼高。禾妹拿著畫筆，畫一條橫線做纜繩，掛著一個一個像燈籠的車廂，有各式形狀，並都加上表情，如同所有的雲、太陽、花、樹和山頭。

我問她為何要加上表情，她不疑有他地回：「因為他們很開心啊！」

這反應著「萬物有靈論」的教養日常，例如孩子亂丟玩具，大人會說：「玩具好痛喔！」或是看著餐桌上被遺忘的青菜，我們會說：「青菜好傷心，都沒人要吃。」讓孩子能以同理心看待日常萬物。

纜車到達山頭，我們乘一段小公車，遠離喧囂的人群和攤販，到達步道口。一路下切至溪溝的壺穴地形，我指著滿是凹洞的溪床說：「以前是不是有巨人走過？」

禾妹驚訝又疑惑地說：「巨人？哪裡有巨人？」

樂哥馬上潑出一桶冷水反駁：「爸爸亂講，是水和石頭啦！」

我想起小時候曾和父母親去十分瀑布玩，當時我望著瀑布與凹陷的山洞所形成的眼鏡蛇洞，馬上被兩處凹陷的蛇眼所吸引，中間的蛇舌不斷川流、擺動，我凝視出神，像是被蠱惑，直到父母提醒才回神。

有年暑假，我和哥哥待在金門奶奶家，傍晚天未黑，但因為村莊還未架設路燈，空氣純淨，於是浩瀚的銀河便浮現在天空。我同樣越看越入迷，開始思考宇宙與人類的存在關係，陷入迷惘。一些片段，和一些記憶，縈繞在童年的記憶中，始終心嚮自然之奧。

我們繞至山腰，經過百年牛樟，和一叢叢被修剪得像綿羊的茶樹，步上我們最愛的木棧道。凌空架高的步道在山勢的右側，微彎朝西的走勢，便可逆光走向絢爛的晚霞，金色橘色粉紅層層堆疊，然後又融化在一塊兒。夕陽永遠那麼美好誘人，沒了烈烈的金光，反讓人更想靠近。但心裡知道，我們越向前走，它只會向下落，越離越遠。有那一瞬間，的確倍感失落。

回神過來，孩子正盯著一隻一吋蟲（尺蠖）一直一彎地不斷推進，到盡頭時抬起前身舞動，直到觸及攀附點，再持續。即便心情起了波瀾，路還是要走下去。

我們在終點前的涼亭休息，禾妹又把筆和畫本拿出來了。畫上我們五人，她總喜歡把人的身體畫成三角形或是正方形，然後雙手是四十五度的斜上，雙腳則由底下兩頂點，垂直畫下。每個人物的差異，除了大小之外，主要就是頭髮和衣服。長髮是女生，有時是如絲線飄散的長髮，有時是一球球的編髮，各種自己想要的夢幻髮型都能實現。衣服的畫法，則讓我想起經典的繪本《我的衣裳》，每一個喜愛的事物，都會被禾妹畫在上頭，是彩虹、是花、是糖果……像是電視機播放著各種畫面，卻也讓我想起天線寶寶。

禾妹總是把人體布置好後，才開始畫衣服，就像是留著蛋糕上最後一顆櫻桃一樣，慢慢享用和回味。我佩服著西卷茅子的想像力，讓一本繪本二十多年來歷久不衰，禾妹衣服上畫的彩虹，雖沒有像書裡般飛上天際，但卻讓我感覺已透過她透亮純淨的眼，看到一道彩虹。

■ 肆、山育知

自然之事

石頭的故事

我們觀察著岩石上的貝類和海膽化石，說明了此處岩層曾經埋藏在海底。化石纖細的輪廓，藏在點狀的地衣中，一個死一個生，二者毫無關聯。

溪水邊的地質層層堆疊，顏色相近卻依然看得出肌理，像是千層蛋糕般有著可容忍的歪斜，平行斜上的走勢越來越高，突然被刀面劃開，線條又回到底下重新開始延續。岩石裡藏著地層變動的祕密，是那些千萬年來的故事。我和孩子摸著一層層的岩脈，想像天地初始、萬物生成的輪轉，然後快速地演變成為眼前的一刻。我感受冰冷的岩塊，「若它有生命，定有說不完的故事。」科學家把地球生成至今的時間換算為一年，人類出現僅不過是在最後一天發生的事。不論以時間或質量來計算，人類渺小如塵埃。

小時候，我有一盒岩石的標本，每塊岩石的顏色、肌理、重量皆不同，被切成正方形一塊一塊，像一盒巧克力，我常掀開薄薄的隔塵紙，把岩塊拿出來把玩，仔細觀察，再恭敬地把它放回。我對其中的「浮石」、「皂石」最有印象，一個輕一個滑，完全不像一般的石頭。每個岩石的成分不同，生成環境也大不相同。

我想著作家海狗房東筆下的《花地藏》，一顆佇立於山頂的孤傲大石，隨著地震滾落，經人類踩踏，受石匠雕鑿，種種遭遇使得它的形體愈來愈小，個性也被磨得平滑，最後成了一尊小石佛。有一天，不得不安於現狀的小石佛被玩耍的孩子撞倒，胸口破了一個洞，洞裡沾了泥沙，風帶來了種子，於是，在裂縫中便開出了一朵花，小石佛成了獨一無二的「花地藏」。

禾妹拿著放大鏡，仔細觀察著：「爸爸，這真的是貝殼嗎？」

我回答：「是啊，它被保存在岩石中，我們才可以看得到。」

禾妹指了指堅硬的岩石問：「那這裡還有嗎？」

我像是被點醒了什麼，回答說：「有可能喔，據說有些寶石也藏在岩石裡，被工具挖鑿出來，才被人發現。」

禾妹又說：「那我們可以把它挖出來嗎？」

我想了想，回答：「可是，我們並不知道裡面有沒有啊？如果為了找寶石或化石，把整個山都挖掉了，這樣值得嗎？」

禾妹有些無奈地搖搖頭，似懂非懂。

「是不是有些事物，讓它埋藏在原本屬於它的地方就好了。」人類為了淘金、礦產，許多山勢就像是冰淇淋桶，被嗜甜的湯匙一挖再挖，失去原本的樣子。經過長時間的累積生成，卻可能在短時間內破壞殆盡。

冰河經過千萬年的移動磨出高山冰斗，溪水沖刷形成峽谷。滴水可穿石，愚公也可移山。人類的發展與自然界的運行，互相交織、碰撞，變得密不可分。我想起恐龍、長毛象、渡渡鳥，或是台灣雲豹，這些曾經出現在地球上的動物，因為已不復見，於是腦海中便更常浮現牠們還活著的模樣，既陌生又熟悉。

孩子們爬在步道旁的大石上，每塊大石大約和他們的身高差不多，沿著步道一路排列而上。他們伸長手腳努力橫渡至下一塊岩石，或是謹慎地評估施力點，專注於每個動作，避免掉下來。鳥兒為他們停止歌唱，空氣為他們凝結，時間彷彿變停滯，像是化石保留生前最後一個動作一樣。

一棵大樹傾倒歪斜，與一旁生氣勃勃的夥伴們相比，已然到了退場的時刻，斑駁的樹皮，記錄著她曾經日曬雨淋的日子，像蝴蝶破損的翅，訴說著牠曾經飛過的距離一般，悵然引退。也如我們看著磨平的鞋底或是掌內的厚繭，有著時間的印記，只是存在於自己的軌軸上，用屬於自己的方式去定義是否已到達盡頭。時間的相對，使我們覺得歷經千萬年的造山運動得來不易，不得輕易破壞；然而時間的短少，如人類或動物的一生，卻也讓人不得不珍惜把握。

禾妹把玩著一顆純白的小石，在雙手間換來換去，說：「爸爸，你覺得這個像什麼？」

我看一看說：「牙齒嗎？還是雷根糖？」

禾妹笑咪咪，露出小小的牙齒說：「是寶石啦。」

我也撿一顆三角形的石頭，下寬上窄，窄角的兩邊些許破損，像極了山勢，還有些微紋理像溪像稜。我問禾妹像什麼，她說：「飯糰嗎？」我請她仔細觀察，說明給她聽，她臉上浮現驚訝的神情，反而開始羨慕我的山石頭了。我趕快稱讚幾句，說她那顆潔白像珍珠又像牙齒的寶石，她才滿意。

我們坐著休息，一同看著對面蒼翠的山勢，樹冠隨著風勢微微波動，唯獨禿了一處岩壁，像是理髮師手滑的下場。眼看是缺誤，細看越覺得岩石霸氣凜然，獨樹一格，它迎著風，也映著光。即便是冷硬的岩，也能嶄露精神。只是這一些，皆由我們去定義與體會。石頭的俊、山巒的俏、樹的挺、花的嬌，隨著個人的悟性，說什麼像什麼。

這些奇美之姿，不得強求，大地之母讓我們看見，才得以欣賞。然而，人生不會像岩石標本切成四方，分門擺放，得自己去定義，去體會，找到一個屬於自己的位置。如帶翅的種子，乘風遨遊，若落腳處不適合生長，也只得等著山風再次吹起。

我想著「花地藏」破裂的胸口，多麼適合開花啊！

萬物土中生

鼴鼠先生倒在路邊，已沒了氣息，身體完整且沒有蠅蟲或異味，推測死亡沒有多久。背部濃密黑灰的毛，胸部則有些黃褐色，體態健壯無外傷，但嘴巴留著一些深紅色的血漬，應該是中了毒。

我和禾妹對於鼴鼠的印象，應該是從《鼴鼠看日出》開始的吧！這是我們全家都好愛的童書，故事中的鼴鼠和幾位動物朋友去看日出，但由於鼴鼠視力不佳，於是需藉由動物朋友的描述來體會景象。動物們說著雲彩，像一球球盆子冰淇淋，還淋上了冒煙的奶黃醬，波光粼粼的海面像是煎蛋時溢出的蛋黃，鼴鼠腦海中浮現的畫面，甚至比一旁的動物朋友所看到的還要美，故事內容溫暖又有童趣。

禾妹找了找鼴鼠先生的眼睛，找不著，又看看牠像鏟子形狀的腳爪，和繪本裡一模一樣。我們再三確認牠的生死，禾妹有些難過，一直問牠為什麼會死掉，我和她說明了我的推測。接著，我們開始討論鼴鼠在地底下的生活，為什麼鼴鼠的眼睛會看不見呢？地底下吃什麼呢？會碰到什麼危險呢？泥土底下，似乎藏著許多我們無法體會的故事情節。

孩子們對土最深的印象，應該是每個月我幫金龜子換土的時候吧，一粒粒滿箱的金龜糞便滑落，孩子們必須眼明手快地找出幼蟲，然後依體型分類，放入盆中。幼蟲們一離開土壤，像是魚兒離開水般焦躁蠕動，甚至緊張便溺。我打開一袋肥沃鬆軟的新土，濃郁的氣味馬上傳了出來，像是山裡的味道，引誘著更加擾動、渴望回到土裡的幼蟲們。

新土裝好後，孩子們再將幼蟲依序放入，為自己的選手吶喊，看哪一隻能最快鑽入土裡。土壤是牠們家，是牠們的食物，是牠們生活的一切。我把變成糞便的舊土倒在陽台的花盆，成了地瓜葉的肥料，然後地瓜葉再變成我們的食物，不論我們或金龜，都恰如古人說的「食以土為本」啊！

我們幼兒園裡，每班都有一塊小田地，學期初老師會與孩子們討論要栽種的作物，然後交給孩子照顧，並在期末採收。剛開始許多孩子在碰到土壤時，是非常敏感且排斥的，覺得土黑黑髒髒的。像岫岫，只要爬山弄髒手，就會哀哀叫地伸著兩隻手過來，往我的褲子上抹去。但對於上一輩的世代，赤腳在田間玩耍，釣青蛙、灌蟋蟀、捉泥鰍，觸碰土壤是多麼稀鬆平常的事。

在小田地裡，鋤草、翻土、種植、澆水、抓蟲、採收，每個步驟都讓孩子有不同的體驗，例如用力地將雜草拉起、用鏟子翻土、用手指掘出播種的小洞、用小夾子抓菜蟲等等，這些感受與坐在教室裡，截然不同。

有天，孩子看著千瘡百孔的菜葉說：「好過分，我們的菜都被蟲吃光了。」但沒多久，一隻蝴蝶飛過，孩子驚嘆地喊：「好漂亮的蝴蝶。」老師對孩子說明，蝴蝶可能就是吃了我們的菜長大的，孩子似乎也諒解菜蟲的行為了。

曾有英國研究人員發現土壤中的菌類能促進腦神經活化，讓人感到放鬆與平靜，並推測現在人鮮少觸碰土壤，可能是造成憂鬱傾向的原因之一。泥土，被我們踩在腳底，默默地提供養分給植物，成為地棲動物的家，保有豐富的生物多樣性，甚至能穩定氣候，在地球生態中不可或缺。但鮮少人留意，泥土的生成是一漫長又複雜的過程，需由礦物質、有機物、空氣、水等成分組成，在生物、氣候、地形、時間等條件下，歷經漫長的交互作用才得以形成。

「妳知道土壤是什麼做的嗎？」我詢問禾妹。

「土就是土啊。」她覺得這不應該是一個問題。

「可是它原本不是，是由其他的東西變成的。」我繼續補充，「而且，一小把土可能就需要數百年的時間才有辦法形成。」禾妹張大眼睛，不可置信的樣子。

路邊幾叢直挺挺的腎蕨，像一支支魚骨插在土裡。禾妹折了一長條莖桿，一手握緊底部莖桿，另一手輕握莖桿，由下方快速地順勢上推，刮除的片片碎葉飄散空中，像仙女散花，又像是放煙火。禾妹負責製造煙火，岫岫則負責笑。玩了一會兒後，支支光禿的莖桿，像是燒完的仙女棒，被棄在一旁。

我拔起一叢已殘缺不堪的腎蕨，找找有沒有俗稱「鐵雞蛋」的塊莖，果然看到四、五個。我摘下後，分給孩子，然後一起用衣服再吐點口水擦拭，去掉泥土。藕色的塊莖露出面貌，再繼續擦，則轉為嫩白。清脆爽口，帶點淡淡澀味，據說乾脊的地域更容易長出塊莖，若缺乏飲水時，可以以此補充。

我聯想到科幻小說《羊毛記》，人類為了躲避核子戰爭的後果而移居地底生活，土地每天被踩在腳下，卻在緊要關頭發揮關鍵作用。許多生命立於土上，而根伸於土下，在自然界的生死運行中，生命出於土，最終也歸於土。是根源也是依靠，我不再乞憐鼴鼠先生土裡的生活，也不擔心牠看不到，或是遇上麻煩，那只是另一個自然情境罷了。

回到步道口，我和孩子找塊大石，用力踏腳好讓鞋底的土塊剝落，留在山上。若忘記踏腳，待鞋底的土塊乾了，則會落下一小堆塵土。回程車上剛好播著謝欣芷的歌〈大樹的營養〉，我和孩子一起哼著：

「變成昆蟲的營養，變成土壤的營養，每當我們的肚子痛痛的，就是營養太多要分享……」

跟著水散步

「如果聽到水流比較大聲，就是水很淺。如果都沒有聲音，就是水很深。」──禾妹分享她的觀察見解，我訝異她的發現，好想為她解釋得更詳細，但後來想想，留給她繼續觀察好了。

剛當老師時，我總會迫不及待說出答案，後來才知道，發現問題和嘗試解決的能力，更為重要。走在山徑，雖然沒看到水流，但涓涓流水聲讓人感到一股清流在心頭。

水能療癒人心，在許多紀念碑的設計上總少不了它，水流代表時間，水面能撫平傷痛。我記得研究所課堂中，教授曾介紹美國的「公民權利紀念碑」（Civil Rights Memorial），由華裔設計家林瓔所設計。水由一個烏黑的大圓石桌中央冒出，逐漸向外溢滿，水撫過每個鑿在桌面的字樣，然後形成完美的圓弧覆蓋，黑底與水光映著天空倒影，讓人在解讀字樣時同時也看著天。水最後在桌緣淋淋落下，像是灑落的淚水。

水可以淡可以鹹，也可能是血水，或是淚水。可成雨，可成溪，或河。一條砌平工整的窄古圳，水面平滑，隨著溪流蜿蜒，謙卑地在旁跟隨。我們走在平整的古圳邊上，聽看著溪流衝擊大石的激狀，身處於在兩者之間，同時感受著兩端不同的氛圍。人類，造就了水的分流，我敞開雙手，想串起兩端的連結，卻發現二者已有偌大差異。

孩子屈身向水圳，水面被手指劃開又再度癒合。岫岫的手掌在水中形成阻力，感受不斷前來的推力，索性用力一揮，水花濺得滿臉，哈哈哈大笑。我們脫了鞋捲起褲管，讓腳在水圳中沖涼，消除疲勞。

幾隻小魚一閃即逝，禾妹問：「這些小魚為什麼要游這麼快呢？」

我想了想剛才的魚影，反問她：「妳覺得水圳裡有可以躲藏的地方嗎？」

禾妹看著水圳前後，然後搖搖頭。這似乎不能當作魚兒的家，比較像是快速道路。我想著：「如果在溪水分流時魚兒選了古圳，還有機會回到溪谷中嗎？」

禾妹歪著頭看著水圳，突然一問：「爸爸，這邊的水從哪裡來的？」

我指著另一側的溪水，禾妹順著我的手勢看去說：「這邊嗎？」

我點點頭說：「對啊，只是把水引過來，方便使用，讓水可以流到不同的地方。」我知道她疑惑的原因，因為古圳不像溪水，比較像沒有關的水龍頭，流速穩定，源源不斷。

禾妹又問：「那溪裡的水又從哪裡來？」

我說：「妳記得在陽台幫花盆澆水時，水會從底下的洞洞漏出來嗎？山就像一個超級大的花盆，山壁、岩石就是裡面的土，然後就慢慢地流下來，匯集在溪谷裡。」

我想著平時我們在家裡玩的軌道積木，首先得將起點架得越高越好，然後開始設計蜿蜒迂迴的路線，中間不忘設置斜坡以降低高度，來保持彈珠滾動的速度。若速度太慢，會停滯中斷，反之太快，則一下就把高度差使用完，無法在後段繼續設置軌道，好讓彈珠滾久一點。孩子們裝了又拆，拆了又裝，左思右想，非得設置出一條滿意的路線不可。

安靜的水圳，沒有軌道積木蜿蜒，轉彎角度都有一定限度，並以極細微的工法，慢慢下降著，要讓水流得又長又遠。走著走著，溪谷已傾斜向下，在我們身側下方，溪水離我們越來越遠，潺潺水聲也漸微弱。前方一彎，我們與溪水分道揚鑣，水圳倚著山壁，另一側為草叢，留下中間平整的小道。若禾妹在這時問我水由何而來，就更難解釋了。

我們停下喝水，小口小口地喝，感受水經過口腔、食道、胃腸，然後隨著血液擴散至身體的每一處，像水圳分流，到需要灌溉、飲用之處。百年渠道依然平整，僅覆著薄薄的青苔，像穿襯衫時釦子扣至領口那樣拘謹；相反的，岩上長滿了水鴨腳，不對襯的葉，一左一右，隨風輕搖，便像輕快的腳步踏上山坡。

我摘了幾根多汁鮮脆的葉柄給禾妹嘗嘗嚐嚐，酸溜溜的滋味一入口，她的小臉馬上糾結在一起。「怎麼這麼酸。」禾妹說著，我在旁呵呵地笑。於是，禾妹分幾根給岫岫，也換來岫岫酸楚的表情，這時換成禾妹在旁嬉笑。

天氣陰鬱，不冷不熱，若心情能不被天色影響，其實很適合健行。孩子們丟了幾片樹葉到水圳，讓它漂呀漂，看著葉子船，便知水流的速度，走稍微快一些便可跟上。但對於孩子，一分神停下，便要小跑步才能追回葉船。「我的船，等等我啊！」孩子邊喊邊追，追回後喘口氣，馬上葉船又漸行漸遠，像是時間的流逝，從不停下。禾妹馬上又摘一片葉丟入，岫岫則丟入一朵花，花葉齊行，像在岸上的姊弟倆，走在一塊。

看著水悠悠的流，從不間斷，低處就是她的方向，但也可能在途中被植物吸收，被動物啜飲，或這樣的流著而成為孕育生命的搖籃。有時我們希望孩子能考慮別人多一點，就如山中的水有韌性，能在岩縫中蜿蜒。有時則希望他們能不要在意別人的眼光，像壯闊的瀑布，勇敢地在底下沖出自己的深潭。能像水一樣的耐心與堅持，如滴水穿石。能像水一樣有力量卻保持謙卑的姿態，如未蔓延高漲的大河。

每個人情處事之際，都有不同的考量，但最終都得流向海洋。流過生命，流過時間，流過你我之間。我突然領悟，彈珠軌道好玩之處，並非一味的滾得又長又遠，而是要有變化，才精彩，才值得這一生。

你看見風了嗎？

超過三十度的傾角，溼漉漉的草地還留著清晨大雨後的水滴，樂哥拖著滑草板拾級而上。草坡頂端視野良好，可俯瞰鄰近的市區和道路。微風迎著山勢而至，空氣裡附著絲絲的酸腐味。推測，應是附近焚化爐傳來的，同時提醒著我們，這個山丘曾經是座大型的垃圾掩埋場。

身旁的禾妹也察覺了味道，我回答：「是風。」

「風，我沒看見啊！」她急促地說，想趕快釐清問題。

「是風，把氣味帶來的。」我一邊說，一邊找著大煙囪的方向。

眼前樂哥已坐定在滑草板上，扭一扭身體，調好姿勢，轉頭說：「我好了，爸爸幫我推一下。」

我緩慢地將他向前推，直到滑草板開始自動順著向下的角度傾斜，像是雲霄飛車滑落前，視角瞬間向下直落。滑草板快速地滑下，順著溼滑的泥草一路衝去。樂哥保持身體的平衡，以維持方向。於是，怦怦的心跳，隨著坡度漸緩，然後放鬆，感受迎面的風，直到停滯。

風，是溫度，是氣味，也是聲音，大自然細微的變化和脈動，它總是最先知道。例如颱風將至前，必先刮起陣陣大風，預告著風勢和規模。或是野外露營時，我們對焚火台搧動扇子，將空氣導入，便會換來木材滋滋作響，然後藏在裡面的水氣一聲炸裂，竄出無數的點點火苗。比起烤火取暖，我更愛木火燃燒而成的香氣，營造在野外生活的氛圍。這都是風的傑作，它像是幕後的導演，你能感受，但無法看見。

因為天氣的關係，草坡除了我們之外，只有另一個也不怕髒的家庭在玩。飛快的滑行速度濺起泥水，噴得每人全身都是一點一點的，大家玩得又狂又野。若不慎失去平衡，便會連人帶板地翻倒，沾著一身泥草。

隨我玩了幾次的禾妹，依舊有些害怕，囔囔地說：「爸爸，我們可以到上面看飛機嗎？」

我們收整後轉移陣地，隨著山丘向上爬，上面有塊寬廣的草原，是遙控飛機的樂園。每輛汽車前，皆擺了張椅子，一個工具箱、一些零件，大家不約而同地排列整齊，像是各自的機棚和維修廠。然後，空出中間更遼闊的區域，成為飛機起降的區域。

遙控飛機不斷地在上頭穿梭，有戰鬥機快速地略過直奔天際，也有搖搖晃晃且走且停的直升機。一台特技飛機，以一種怪異的路線在空中耍寶，像是要墜落，卻又突然升起，孩子們盯著空中飛機表演，驚呼連連。然而，最令我印象深刻的，是台翅膀寬大的白色滑翔機，在高空悠悠地飛，像隻老鷹翱翔，既安靜又平穩。

每位遙控飛機的主人，都手持遙控器坐在椅子上專注地操控，彷彿每台飛機都承載著各自的心神，在風中自由飛舞，感受與地面些微不同的溫度和氣味，像上帝的視角俯瞰著自己。

每當飛機降落後，主人就會前去取回自己的寶貝飛機。這時，你才能知道誰是飛機的主人。就像是衣著或是購物，每個人的個性和喜好皆不一。遠處的滑翔機越飛越低，依舊抱持著安靜優雅的姿態，一個迴轉後，滑順地緩緩降落。我特別留意機群裡這台獨一無二的滑翔機，也好奇地想著這位主人的模樣。眼見一位雙手撐著枴杖的先生，一拐一拐地上前，取回飛機。

我心頭一沉，馬上能理解為什麼他喜歡滑翔機了。原本的好奇，轉為感慨和酸澀。也許人的夢想，往往和自身有偌大的差距，讓它一直保持在遙不可及之處，像船隻望著燈塔般心安、滿足即可。

在動畫大師宮崎駿的告別作《風起》中，描述著二戰期間，零式戰機的設計者崛越二郎的故事。崛越二郎從小的夢想，就是能親手設計出屬於自己國家的飛機。每當有風迎面吹來，便會說：「起風了，唯有努力地活下去。」飛機是夢想和精神的寄託，也是他對亡妻的思念。然而，猶如影片中所說的：「飛機是被詛咒的美夢！」每台戰爭中的飛機，必航向死亡，華麗升空，然後悵然殞落。

幾架遙控飛機在柔美的天光中翱翔，讓我想起曾在由台北飛往東部的飛機上看日落。紅橙色的落日，逐漸接近綿延不盡的中央山脈，那是我第一次以這種角度看待夕陽餘暉和臺灣的山脈。高處的視角，能看清山脈不斷堆疊的肌理，在傾斜的光線下，更顯分明。在蒼穹之下，能一次看盡這麼多的山，反而更讓人感到謙卑和渺小。已故的「空拍大師」齊柏林，用上帝的視角看盡臺灣每一塊土地，是否也曾有同樣的感受？

樂哥拉著我的手急促叫著：「爸爸，爸爸！」把我的心神拉回。「剛剛有一台飛機掉下來耶，它起飛沒多久就摔下來了。」

「真的嗎？後來呢？有沒有砸到人？」我追問著。

「沒有啊，它的主人拿回去修理了。」樂哥說明著。

「它有冒出一點煙，然後就掉下來了。」禾妹在旁補充，還把手攤在兩側。

我們坐在一旁繼續欣賞飛機表演，一邊吃著點心。柔軟的天色，有些憂鬱的美感，天和雲攪和在一塊，分不清彼此。微微的風由身側吹來，鼻頭仍感受到一絲絲的酸腐味。即便焚化爐的煙囪再高，風仍將氣味帶還給底下的人們，提醒著，過度開發和掠取資源，永遠都需要償還和承受代價的。

一排整齊的木麻黃被風吹彎，稀鬆的樹形好像天生就適合如此，像是頭亂髮，保留著風的印記。動畫裡的崛越二郎曾說：「誰看見過風，你和我都不曾看見過。但是當樹葉顫動之時，就代表風正吹拂過。風啊，請展開雙翼將它送到你的身邊。」於是，射出手中的紙飛機，原本即將墜落的紙飛機被風一吹，竟轉而向上，恰巧飛往他未來的妻子。那是片中最溫暖且充滿希望的一刻，風像條絲帶，緊繫彼此。

緩風一波波吹來，身體開始越來越熟悉它的溫度和速度，像是緊貼著皮膚似的，鼻息也不得不降低對異味的敏感度。突然，風停止了，皮膚上的感受和鼻尖的味道都消失了，消失得像是不曾來過一樣，留下錯愕的情緒。我想起古言：「樹欲靜而風不止，子欲養而親不待。」告誡著世人要及時行孝道，別等到了無機會時，感慨懊悔。

「爸爸，你看，滑翔機又要準備起飛了！」孩子提醒著我。我看到那位拄著枴杖的先生又將白色的滑翔機拿到跑道上，他擦了擦翼板上的髒汙，然後將飛機輕放在地。平穩的引擎聲轉動著，逐漸加速，滑順地飛向天際。

「不在乎飛得多快，而是想走得順，走得遠。」我心想著。

動物之山

林下悶熱，斗大汗珠沿頸滑落；路窄而斜，布滿樹根，得盯著地上才能插準登山杖。手杖一插一推，想趕快至空曠處，抬頭瞥見，一隻壯碩的黑犬，前腳交叉英挺坐在高處。還有些距離，我放慢動作，觀察牠眼神並沒有放在我身上，泰然自若。於是我假裝不在意地前行，緊握登山杖，用眼角留意動靜，屏氣通過。

我深呼吸，放鬆了步伐，想調侃自己是否過於緊張，轉頭又見一白犬正坐在右方草叢，而前方木椅上，另有兩隻黑犬伏在椅上睡覺。我遲疑一下，想起作家謝旺霖在西藏和獒犬搏命的畫面，告訴自己，如果真的碰到了，也只能放手一搏了。

我怕逗留太久反引起注意，將兩支登山杖橫於身側，雙手緊握。眼角餘光感到白犬一直在留意我，最接近時牠的頭隨著我的方向轉動，我謹慎卻裝作自然地踩下腳步，擔心只要一個犬吠，便引來群犬圍剿。

然而，什麼事也沒發生，狗兒只是和我一樣喜歡山，在山中乘涼罷了。我們常說狗兒是人類最忠誠的朋友，但血液中原始的野性仍可能呼喚著，比起生怕人類的野生動物，狗兒更像是顆不定時炸彈，難以預料。

「趕快去上廁所，等下沒有廁所囉。」我催促著隊員們。我們在步道口前的茶家借廁所，一進廁所就撞見一隻偌大的皇蛾，好端端地就停在鏡面上。這是我第一次見到皇蛾，寬廣的翅展，每片栗子色的翅各有一塊三角翅斑，而前翅末端更有獨特的蛇頭紋。

我指著蛇頭紋問孩子：「你們覺得這邊看起來像什麼？」

樂哥驚訝地說：「是蛇耶。」禾妹在一旁更仔細的觀察，也看到了。

我再問：「為什麼翅膀要有蛇的圖案呢？」

禾妹馬上搶答：「因為因為，這樣才不會被吃掉。」

我回應：「很好！能活下來和生寶寶，是牠們最重要的事。」

原本孩子只在意皇蛾寬大的翅，開始轉而觀察翅上的斑紋，以及牠羽毛狀的觸角。大人小孩讚嘆之餘，開始輪流張掌相合比成蝴蝶的樣式，和皇蛾合照。

禾妹問：「那之前我們看到，那個會吃竹節蟲的蜜蜂會不會吃牠呢？」

我說：「我沒看過也不確定，也許會吃，也可能會被翅膀上的圖案嚇走。」自然界的生物好像玩著各種把戲，捕食、嚇唬、躲藏等手段，但皆以生命相抵，不成便招致死亡。

我們走在鋪著石板的斜路上，石板生硬的肌理對於止滑毫無幫助，很是難走，我腳跟施力止住下滑的力量，提醒孩子要小心，結果他們依舊嘻嘻哈哈地鬧，從我身邊超過。我苦笑了一下，想著過了這段就是好走的土路了。

一至山嶺，空中便傳來大冠鷲的叫聲，我抬頭指著鷹的方向，孩子也看見了，發現是一大一小的鷹在盤旋。親鳥在稍高處乘著氣流，展翼翱翔，輕鬆自在，小鷹則不時拍動羽翼，繞著較小的圈子，應是堂飛行課吧。我看著正在授課的親鳥，感覺和這幾年走在郊山的我有些相仿，誠如山岳作家徐如林所描寫：「心有牽絆的母鷹，無論多麼強壯，可摶扶搖直上數千公尺，做為母親與妻子，也只能壓抑自己高飛的本能，緩緩盤旋在低海拔的郊山上空。」

但這都將是值得的，昆蟲、蛙、魚等物種以龐大的繁殖數量來創造繁衍的機會，而鷹和人一樣，後代少，取而代之的，是長時間的教導與無微的照護。走在熟悉的路徑上，三個孩子在前，而我和媽媽殿後。他們腳步時快時慢，被東西吸引便會停下來。

樂哥和禾妹分別摘了紫背草的瘦果，放在嘴前吹散毛絨絨的種子，岫岫在一旁吵著要，也得到了一株。當我和媽媽快接近時，三人又往前走去，留下散落在地上的莖桿。身側有一低矮的擋土牆，樂哥和禾妹二話不說地爬上，又留岫岫在原地嚷嚷。最先走完的樂哥，繞回來，推著岫岫爬上。走到末端，岫岫又嚷嚷，伸直雙手要扶，禾妹扶他跳下。

平時走在路上，若旁邊有矮牆，樂哥和禾妹兄妹倆定會爬到上面走。起初，他們會將雙手伸直，歪斜地保持平衡，像兩隻還不會控制氣流的小鷹。我曾對他們說：「把矮牆想像成馬路邊的白色車道分隔線，把它當作是平面的。稍微看遠一點，用身體感覺，不要低頭看著腳底。」那是對恐懼的抑制方法，讓人自然放鬆以達到更精準的控制狀態。後來，越走越好，也鮮少看到他們伸手平衡了。

我提醒他們慢一點，不要超過我們的視線。薄薄的捲雲布滿藍天，讓天際顯得柔軟蓬鬆，像一絲一絲的棉花糖讓人愉悅，覺得輕鬆，許久沒有和媽媽這樣牽手並走了。孩子互相照顧，像是台灣藍鵲，牠們性情兇悍、領域性強。當藍鵲媽媽生寶寶時，兄姊們會一同合作育雛，幫忙尋找食物，或是抵禦外敵，大大增加了弟妹的存活機率。

林裡傳來熟悉的咕咕咕聲，是老朋友五色鳥，伴隨我們走在各座郊山，卻鮮少現身。禾妹說：「五色鳥又在找女朋友嗎？」我表示沒錯。想著除人類以外的物種，幾乎終日忙於生存或繁衍，剎那間，人類與動物間的距離變得異常遼遠，我思索人類從自然所攝取的，幾乎都遠大於生存所必須，而我們以郊遊休閒的心態接近自然，不禁慚愧起來。

「他們是住在山裡的主人，而我們是行走的客人。」即便是遭人棄養而逐漸適應山林生存模式的山犬，也將成為生態系中的角色，而我們只是盡可能地減少打擾與傷害。我想著停在鏡上的皇蛾何時會飛起？鼓動巨大的翅膀時是否會抖落些許鱗粉？小鷹的翅是否已掌握氣流，開始享受翱翔的從容？乃至於細小的地棲動物，咬下一口腐葉。那份僅為生存而做的單純，令人動容。

天地運行，繁衍與死亡並行並進，動物們緊抓著生命的契機，從無保留。我們以人類的角度去思辨，引領孩子能謙卑地看待自然，希望某天，他們也能在動物們的動靜之中，看見可貴的價值。

植物圖鑑

我翻著幾本植物圖鑑，比對手機裡的照片，尋找植物名。從分類學的科別尋找，翻了翻卻毫無頭緒。我換成用花、果的顏色比對。有了，是「禺毛茛」，我念了念它饒舌的名字，希望能一直記在腦中。

當你了解了一種物種的背景，包括生長習性、名稱由來、功能特性等等，你就越想在野外的自然環境中找到它，然後再呼著它的名，如果能成功，才敢說我已認識它了。這像是收集印花截角般，想把圖鑑中的植物都完成比對，火炭母草、扛板歸、綬草、蕺菜、杜英、長梗紫麻、水同木、青剛櫟、血桐等等，知識的缺口促使我不斷辨認和記憶，時而忘卻，時而有成，也時而混淆。像是幾個容易搞混的英文單字，越是放在一起背誦，越是分不清誰是誰。

有一陣子，我陷入上述的漩渦中，就連開車看見不知名的行道樹，都會靠邊停車，去查看樹牌，深怕遺漏了哪一個樹種。突然有一天，我抬頭看著高聳的烏桕，我知道它的名，它的葉形、花色、果實、樹幹紋路、肌理我通通知道，但卻好久沒有這樣單純地欣賞它，葉緣襯著天、枝間閃著光，搖曳生姿，微微撩動心神，如詩的畫面便烙在心底。

樹頂上陽光烈烈，茂密的林子使得底下保持陰涼，偶有徐風吹入林下，好不舒適。我們不情願地轉入陡上的棧板木梯，知道將走入烈陽之中，腳步就更沉重了。

禾妹突然問：「爸爸，有看到酸藤了嗎？」

我回答，它會爬到樹頂上曬太陽，接近山頂才比較容易看到。

禾妹最近很喜歡酸藤，除了像是大蒲公英隨風飄啊飄種子外，就是那嚼來酸酸澀澀的滋味，沿路一直問個不停。

越接近山頂，遮蔭漸少，溫度上升，還沒發汗的皮膚顯得又乾又疼，像是待在烤箱裡快速加熱。不一會兒，我們果然看到淡紅色的花布滿了樹頭，像是新娘秀麗的髮飾般，有幾根突出的觸鬚還想往更高處探索。

禾妹調侃它：「怎麼這麼愛曬太陽啊，剛剛都找不到妳。」可不是嗎？

我們摘了幾片橢圓形的葉，紫紅色的葉脈走在綠白色的葉背上更加明顯，像是人的血管，但切口卻流著一點白色的乳汁。放入嘴中咀嚼，果然生津止渴，酸得過癮。

這時，我看著另一旁的樹已被黃金葛攀附到頭頂，粗壯的根莖勒著孱弱像搖晃木梯的主幹，侵略者的葉片寬大而有裂痕，一副惡狠狠的模樣，想把光線全部占有，一絲一毫都不想放過。想在林間爭光，弱肉強食，只能各憑本事了。雖沒有像非洲大草原上，獵殺的生死瞬間，卻像毒瘤般緩慢的侵噬，更加殘忍。

野外的物種為了生存，不斷競爭，顯露出野性。反之，我小學時校園裡有兩棵高大的大葉欖仁，占據了口字形校園的一隅，偌高的骨幹與硬挺枝條，上音樂課時同學們可以從三樓教室的走廊外，透過已百年歷史的拱形磚牆，近距離地欣賞。春嫩，夏茂，秋蕭，冬寂，樹的樣態，四季分明。現在想想，這樣的美樹，少了物種間的對抗，與自然情境的挑戰，彷彿就是被豢養的動物一樣安逸。

樹始終是山林中低調的主角，能長成大樹必經日月的千錘百鍊。樹的樣貌配合著地貌和氣候，為了克服潮溼或抓緊邊坡而形成板根，在迎風山壁對抗強風而低矮匍匐，有時還得承受動物撕咬，或是攀藤植物的勒絞。開花結果時，供養著周遭的生物，直到枯死，也可成五色鳥或是鍬形蟲的家，不曾離開。

相較於動物的動與快，植物的靜與慢，給人截然不同的感受，然後依照自定的節奏向陽生長，然後開花，結果。它以另一種方式，主導著。

眼前一棵粗壯的土芒果，佇立在步道轉角，全身插滿茂密濃綠的葉。顆顆懸下的芒果，有些黃有些綠，少部分已轉為紫紅，已被蠅蟲圍繞。我問禾妹有沒有看到芒果，她搖搖頭。我再指了指紫紅的果，她才發現。

於是我問她：「妳知道為什麼許多果實成熟時，會轉成紅色的嗎？」

禾妹答：「我知道，因為才找得到啊！」我追問為什麼，禾妹劈哩啪啦說一堆吃了果實，然後經過消化排出體外的歷程。

我又指了指其他黃綠色的果，問：「那這邊的芒果，會希望被找到嗎？」
禾妹說：「應該不會吧，又還沒成熟，而且很酸喔。」
我滿意地說：「如果妳當猴子，一定很會找食物，應該不會餓死。」
她馬上叫著：「我才不要當猴子呢。」嘻嘻哈哈地往前跑去。
我們離開山頂，又轉入林蔭，瞥見幾棵鬼桫欏躲在林子裡，輕搖長長的羽葉，散發一絲絲的鬼魅氣息。帶刺的莖桿，向外垂著老葉成樹裙，若其他蔓藤欲攀附，則會因重量增加而脫落，避免被爬到頭頂爭光。植物的多樣性，像是動物的食物鏈一樣重要，保持著生態的穩定和平衡。以柔克剛，以靜制動。
禾妹回到我身邊，像是突然想到什麼，說：「爸爸，你的手彎起來，像這樣。」然後示範將手肘彎曲成九十度，像是大力水手的樣子。
我彎著手臂問：「是這樣嗎？」才剛說完，禾妹就跳起來掛在我的手臂上，然後吃力地擠出剩餘的力氣說：「對，就是這樣。」
岫岫也嚷嚷著要掛樹頭，我只好蹲下來，讓兩隻小猴子同時勾好，再站起來。大樹夠強壯，走幾步後，反倒是小猴子的手受不了，要重新調整姿勢。我拎著他們大喊：「來買小猴子喔！來買小猴子喔！一隻一百元。」禾妹不甘又被叫猴子，啊啊啊叫了幾聲，但怕說話會岔了氣，掉下來，只好死命地勾著。

動物沒辦法離開植物，植物需要山脈的保護，山脈則需要生物們來創造各種有機物，最終形成生態。我們沒辦法離開大自然，就算離開，也只是暫時，依舊會回來。萬物相輔相成又相生。像你，也如我。

古道知識

戰火古道

樂哥站在前方岔口，問我：「要走哪一邊呢？」

我看了指標牌解釋：「這邊比較遠，但比較好走；另一邊比較近，但比較難走。」

樂哥指著難走的路：「走這邊對不對？」

我訝異地點頭，這小子完全正中爸爸的想法，我想起觀音山硬漢嶺牌樓上的對句：「走路要找難路走，挑擔要揀重擔挑。」鼓勵人們吃苦當吃補，逆光飛翔。

我們走在前往李棟山古堡的路徑上，好走的路是平緩的之字形向上，難走的路則是在之字形中切西瓜，走在陡上的樹叢間。我想著當年日軍與泰雅族人在這山頭對峙的景象，泰雅族勇士必赤腳穿梭林間，日軍的大炮與碉堡建材則由緩坡推上，耳邊不自覺地出現人群交談、吆喝、板車滾動、軍槍碰撞的聲音。

古道散發著魔力，讓你穿梭在兩個時空之間，眼前的石塊、土坡、枯木可能都曾參與大時代的動盪，身旁的岩石，是否曾瀰漫火藥發射後的灰燼；腳下的泥地，是否曾滲入先人的血液，或是又被植物吸收，永遠成為山裡的一部分。

美國作家佛瑞斯特在《在山裡等我》中，曾描述一段阿帕契族人領袖傑洛尼莫，帶領族人逃往山區的行動。殘弱的族人們，口中不斷嘶喊著：「我們要活在山裡！」隨著口號越漸激昂，情緒由畏懼轉變為狂喜，只心繫所嚮往的山脈。於是，族人們在灰暗的夜下，在絕塵中拔腿狂奔。後人難以想像當晚的行動如何達成，只能說他們的意志已超越了形體，心靈主宰了一切。

我和孩子訴說古道的從前，他們有一搭沒一搭地回應，戰爭的歷史之於他們遙不可及，也難以想像。我想到祖父生前，每回家裡有訪客，都會聽他講述八二三炮戰的故事，「藏湖底躲敵機」、「手持連發步槍」、「水鬼摸哨」等等，情節扣人心弦，百聽不厭。我坐在一隅，看著祖父神采奕奕地講古，彷彿又見當年那年輕有為、為民奔波的年輕村長。然而，幸運的村民即使躲過了無情的炮火，卻閃不過國軍欺壓的蠻橫無理，祖父無奈地隨同鄉出走汶萊。而料想不及的是，一走便是十二年。

隨著海拔越升越高，濃霧飄入林間，繚繞在身側。四周景象若有似無，並夾著寒氣。接近山巔時，兩路合一，直通山頂。於是，已被濃霧盤踞多時的古堡，便浮現在眼前。古堡圍繞厚實凝重的牆，眼前迷濛，但光線明亮，像是童話故事的景象，遺世獨立。我帶著孩子走走看看，中間空地除了一只三角點，只剩雜草和塵土。最後，我們停在角落一個個槍眼旁，和孩子討論著它的用途。

禾妹直覺地說：「是用來拿東西的。」像窗戶一般，但又不像門。

我回應：「可是這個洞很小，而且下面很陡，不會有人從這裡送東西進來。」

我再提示：「這是打仗用的碉堡。」

樂哥說：「我知道，槍放在這裡用的。」

我問：「那為什麼洞要這麼小呢？」

禾妹搶著說：「因為因為因為，這樣才不會被敵人打到啊。」

我們拿著登山杖比劃，瞄準各個方向，很容易就了解為什麼槍眼是錐形的凹槽設計。水泥剝落，底層的紅磚露出，地衣貼著水泥，而青苔附著紅磚，各自喜好。

我們和孩子一起摸著冰冷的牆，感嘆日軍建造時的決心，也感傷泰雅族人如何抵擋船堅炮利的對手呢？陽光透出雲層，照亮空地，卻始終驅不走雲霧，太陽旗與彩虹橋依然繼續較勁。四周圍繞附著光的霧氣，依舊夢幻。

像是走趟時空之旅，腦中的畫面一時還揮之不盡。下山時，我們改走之字緩坡，輕鬆地和孩子邊走邊聊，孩子對於到訪北臺灣最高的古蹟，似乎沒有太多的感觸，心裡反而惦記著山下莊主豢養的那頭山羊，還有入口吊著的大磬。

山上天黑得早，我們加快了腳步。

林間的雲霧隨著光線消散，是日行動物準備休息的時刻，古道上殘留的魂氣與記憶也將暫緩歇息，只留下最中立無為的山境。我們靠著太陽的餘光前行，夜裡的寒氣已由地面慢慢升起。孩子說冷，因而我們牽起手。

山以另外一種形式，讓我們感受她的力量。不是一門門的槍炮，也不是鋒利的茅和箭，只是輕吹一口氣，就帶走了我們身上僅存的熱量。像是驅趕著，曾經在這片山裡撒野的人類，告訴我們，別忘了她的存在。

夜行動物還未起身，林間安靜得只聽見鞋底磨著碎石的聲響。沿途不時鬥嘴的樂哥和禾妹，牽手走在前頭，我想起現今台日的友好關係，以及日本人為感謝三一一大地震台灣的捐助而製作「台灣好朋友」的牌子。我看著牽起的手不停搖晃，以互相配合而成的節奏擺動。

幾顆星等較高的星星，已迫不及待露面，日夜交替轉換，我想起八二三炮戰「單打雙不打」的日子。雖說是休兵日，但卻只迎來更焦慮不安的心情。我想起小時候回金門，睡前都可聽到部隊集合場的口令聲。我和哥哥看著海的方向，一顆顆照明彈快速的打向夜空，爆炸後亮閃閃地緩慢滑落。我們不懂它的意涵，只知道它叫照明彈，好美。

漸弱的光線讓人需要睜著眼，才能看清方向，所幸已經快抵達出口了。林裡傳來嗚嗚嗚的長聲，禾妹直覺地問：「是黑冠麻鷺嗎？」

我回答：「現在在山裡，也許真的是貓頭鷹喔。」

禾妹喜孜孜地笑，不停地四處張望尋找。

我說：「妳又不是貓頭鷹，這麼暗哪看得清楚。」

禾妹回說：「我只是用聽的。」

的確，萬物躲藏在黑暗中，迫使我們運用其他感官去感受外界刺激。聽覺、觸覺或是嗅覺，透過神經傳導抵達大腦，然後藉由既有的知識背景整合理解。這樣的過程，讓人靜下思索。思索，自己的解讀是否正確？思索看不見時是否反能看清事實？

在隆隆的炮火聲中，在焚風捲起的塵沙中，也在，溫熱的血脈之中。

走在回家的路上

「為什麼這裡又有土地公廟啊？」禾妹問著。

「這是以前的人走的路，要保佑走過的人平安啊。」我回答。

許多古道入口或是山徑裡，常見有土地公廟，有些香火鼎盛，有些則不起眼地坐落在小徑旁，供路過的民眾祈福，或尋求心靈慰藉。有時，我們也會和孩子一起向土地公爺爺請安，希望當日的爬山行能平安、順利。

回憶小時拜拜，奶奶總會從後面環抱我，貼著我合十的手，不停上下擺動，然後口中念出向神明祈求的內容：「請神明保佑子孫，身體健康，平安發財，長大大善讀書，善賺錢……」把所有重要的事情都說盡，好讓神明能清楚明白。長大後自己拜拜，總覺得這樣念念有詞非常彆扭，所以只心誠則靈地相信，把那些祈禱的內容快速地在腦海想過一遍。

就如教養遺傳，自然而然地順著童年的記憶，如今的我也是如此。我蹲下來，握著孩子的手，心裡一靜，祈求說：「希望今天的步道行程順利，平安，謝謝土地公爺爺。」雖然才幾個簡短的字，念完時卻感心頭一震，像是說過的話需要負責到底一樣，透過嘴巴說出的，依舊比在心頭想過真實許多。這些話，是說給土地公聽，也是說給孩子以及自己聽的。

古道大多沿著山勢上下蜿蜒，不時看到從前用石頭堆疊而成的階坎，這些階坎大多忽左忽右，大小不一，有時得配合著左右腳輪番踩上，不然就會尷尬地停在中間。禾妹低頭看著土石疊成的路階，找著踩點，將大人的步距，拆成兩三步。速度不快，但每一步都踩得穩。我眼尖瞥見小徑旁一棵相思樹，不斷向上的枝幹被釘上一根根等距的木條，如天梯般邁入天際。

「你們覺得這個梯子是做什麼用的？」我停下腳步問孩子。

「給猴子爬的吧！」禾妹笑臉盈盈地說。

「猴子？還需要梯子嗎？」我一臉疑惑，換來他們咯咯咯地笑著。

「是，是要上去摘果子用的，把很高的果子摘下來。」樂哥努力推敲著。

「可是這是相思樹耶，沒有什麼果子啊。」我解釋著。

「相思木？是在坑道裡的那種嗎？」禾妹想起曾和步道課老師參觀古人的採礦坑道，相思樹樹幹有著特殊的螺旋紋路，受擠壓時會發出聲響，常做為礦坑支架，以預知坑道塌陷。

聽我解釋完，樂哥又問：「那如果爬上去，樹幹要倒下來是不是也會發出『啪啪啪』的聲音呢？」

「的確有可能喔。」我點頭表示同意，接著他們又說了一些無厘頭的答案，最後卻也摸不著頭緒。我想上去一探究竟，也許就能知道答案，但不知天梯是否穩固，風險過高而作罷。

上到高點後，樂哥和禾妹回頭看我，看似有些得意，我快步地踩上，於是我們一起在一處已被磨得光亮的橫木上休息。

我喝下一口水，想著從前的人走在同樣的路徑上，也許是一日的往返，也可能是數日的里程。當時的路上有更多的人，四周是更原始的生態，但沒了便捷通訊、現代裝備和或充足醫療資源，想必也藏著更多不確定的因素和危險。古道以另一種姿態，存在人類與大自然之中。如今的交通道路，往往是阻隔或切開了山林，而這些從前的古道小徑，則是讓人走入山林。

我想起磐石嶺古道，有個路段稱為「肉板峠」，據作家黃育智描述，是從前平溪居民買魚肉回來經此鞍部，肉類便開始腐壞的意思。相較於此時我們與孩子悠哉地聊天漫步，我想像著，前人擔心魚肉腐敗加緊腳步的模樣，不禁有些心疼。肩上的貨物代表家計，全靠體力去負荷。若能順利地走完古道，帶著新鮮的肉品回去和家人相聚，就是幸福的。

我們聽著蛙鳴和著水聲，這是條沿著溪水，但也是條翻山越嶺的古道。我思索最早開闢古道的人，是如何決定路徑的方向的，是考量沿溪的便利，還是衡量行走的距離和方向，總讓古道充滿各種韻味。

眼前一座石厝遺跡躲在樹叢中，石牆上堆疊著大小不一的石塊，大概是當時就地取材挖鑿山壁所建立的，綠意盎然，布滿攀藤植物。我們在石牆間繞啊繞，地上散落著一些瓦礫和陶瓷碎片。我們從石牆內仰看天空，畫面與屋外已無異同。

「為什麼沒有屋頂呢？」樂哥詢問。

「現在只剩下這些石頭牆面了。」我摸著牆說，孩子還在摸索含意。

「你覺得屋頂會是用什麼蓋的呢？」媽媽繼續提供線索。我同時想著爺爺家的古厝，正廳前的穿廊，底下是片長條形的大石板，而頂上就架著一根筆直堅硬的木樑。

「用石頭？」禾妹說。

「石頭有辦法堆疊在這兩個牆面中間嗎？或是有這麼長的石板嗎？」我回應。

「應該是木頭，而且已經爛掉了。」樂哥說。

傾倒的石厝，用它的方式慢慢與自然融在一塊兒，或是說大自然又把她的石、她的土，給要了回去。孩子對於「腐壞」或是「消耗磨損」這件事很難以接受，因為許多物品原本是那麼完好且堅固，像是珍藏的心形小盒，不斷開關後卡榫開始龜裂，或是喜歡的樂高零件因重複組裝後開始容易鬆脫。

相反的，在大自然裡似乎傾向於壞，而非永久堅固。像是傾倒的枯木，是五色鳥或是鍬形蟲喜歡的家；動物的屍體，是食腐動物的大餐；而剩餘的有機雜質，最後則交由底層生物來負責，不斷循環與再利用，生生不息。

回程時，我們由一岔口，循著淙淙的水流聲，找到一處損毀的攔砂壩，壩前幾塊大石和損壞的牆面擋住水流，形成一個小池，魚群困在其中。孩子興奮地拿出漁網捕撈，以為像甕中捉鱉般容易，哪知魚群靈敏地穿梭石縫、閃避漁網，卻非易事。

看著孩子的愁容，爸爸決定親自出馬，結果胡亂一撈竟撈起一條巴掌大的台灣馬口魚。馬口魚一放入罐中便橫衝直撞，但幾秒後就停下來了，一副氣定神閒的模樣，不再亂動。魚嘴一張一合，圓潤的魚眼目不轉睛，猜不透是放棄掙扎，還是等待逃脫機會。

孩子們與牠大眼瞪小眼，興奮地看著戰利品。然後又回去池中，希望能再接再厲，但卻一無所獲。臨走前，我要將馬口魚放回，孩子卻不捨。

「一定要把牠放回去嗎？」禾妹問。

「對啊，這裡才是牠的家。」我平緩地解釋說。

「不能把牠養在家裡的魚缸裡嗎？」禾妹再問。

「牠的家人，希望牠回家嗎？」我緩緩地問。

禾妹看著水池裡其他悠悠的魚兒，然後再看著我，點點頭。

我用手掌撈起，看著牠體側美麗的藍黑色縱帶，而牠只是不斷地張口呼吸。天地萬物，方生方死，牠的生死又何嘗由我決定呢？我和牠道謝，也道歉，然後和孩子一起放回。

紅嘴黑鵯如貓的叫聲，不斷從林子裡傳出，像哭又像笑，像是替古道說著故事。說血淚，說歡笑，說：「平安回家就好。」

我們結束古道之旅，回到土地公廟前，雙手合十，閉上眼，說聲：「謝謝。」

保育相關

夢中的雲豹

我們流連在農產品店的櫃台，看著一串串用山羌角、長鬃山羊角，和獸蹄、獸尾等部位做成的吊飾，用幾根做成造型的釘子固定在金屬環上。我們小心輕撫，獸角彎曲且堅硬，尾毛細緻柔軟，一個頭一個尾，截然不同。特別的觸感由手導入心底，想著這些素未謀面的動物形體，只剩下身體末梢的部位。

我好奇地摸向獸蹄的吊飾，蹄部不如頭角冰冷，底部有些粗糙，側面有光澤。我順著蹄往上摸去，還有一小段腳骨，儼然像是活生生的牠，感受到牠看著我的那刻，我猛然把手抽回，不敢再摸了。我帶孩子匆匆遠離，孩子從讚嘆喜愛，轉為不願，心裡仍燃著想要擁有的慾望。

我冷靜下來，平心靜氣地說：「我知道你們很喜歡，我也好喜歡這些吊飾。但我們不確定，老闆是怎麼取得這些動物的部位的。」

樂哥和禾妹的眼神平穩，有些下垂，大概知道爸爸要說什麼了，想要紀念品的機會似乎也落空了。

我繼續說：「你們記得去神木露營那次，晚上有看到老闆帶著燈和槍，準備去打獵嗎？」

他們點頭，我續問：「如果他在打獵時，想到這些吊飾賣得很好，他有沒有可能因此多殺了幾隻山羊或山羌？」他們點著頭。

禾妹不想放棄地追問：「如果，如果老闆發現動物是自己死掉，而剛好把牠的角割下來呢？這算是好方法嗎？」

我思索一下，想像著倒在地上的山羌，被割去角、蹄、尾，留下殘破的軀體，這個動作並非生存之必要。我仔細地說著我的想法，深怕孩子自小就養成貪婪的慾求，而忽略尊重自然生命的道理。

我想著作家徐振輔曾在《馴羊記》中，描述藏族村落捕獲一隻常年獵殺羊隻的狡猾雪豹。聲名狼藉的雪豹被攤在廣場上，呼吸輕淺急促，睜著無邪的眼珠，流轉地看著世人，反讓積恨已久的村民不知所措。雪豹死後，也沒人把值錢的皮囊取下，只將遺體交給了空行母（禿鷲）。

我常和孩子一起看宮崎駿的電影動畫，裡面常傳達著反戰與尊重自然的概念。如《魔法公主》、《風之谷》、《天空之城》等電影中，都描述自大愚鈍的人類，總以為人定勝天，輕忽自然反撲的力量。小說家休豪伊的作品《羊毛記》，描述核戰爆發之後，人類逃至地下碉堡生存的情形。僅能夠過著用攝影機看外界的寂寥荒蕪，想像著空氣中已充滿毒素和輻射。太陽依舊起落，偶有燦爛的彩霞和光暈，不斷誘惑著碉堡裡的人。

我想著我們習以為常的世界，是否真有一天被人類破壞殆盡，必須移居地下或是太空，而非地面。

空氣裡飄著絲絲細雨，風一吹便刺在臉上，身側盡是滿山橙黃色的金針，曖曖地發光，即便天候不佳，仍吸引眾多遊客。遊客們喧嘩、閒聊，不時爬上大石拍照尋找最佳的視角。採收金針的農人穿戴雨衣斗笠，背著寬口的編籃，指間迅速地移動，一捏一折，幾根金針便被摘起放到背後。農人熟練的動作與節律，讓人看得著迷，絲毫不受遊客影響，他們是風景的一部分。

雨勢漸大，輕薄的山嵐依舊悠哉地飄在半空中。走在前面的禾妹和樂哥各拿著傘，並肩貼在一起，然後把傘一左一右夾起，像是古裝劇裡的蚌殼精，底下露出四隻小腳，歪歪斜斜地走著。小徑上幾處泥濘，積水淹至腳踝，孩子穿著涼鞋，驚呼走過，已經夠傾斜的蚌殼，險些倒在一旁。

我們停在一處農寮休息，順便詢問是否有合宜的住宿。孩子知道結果後，有些失望，不禁開始羨慕起每天住在山上的農人了，能飽腹終日的山色。彷彿隔世的金色山頭，只有幾戶人家，保持著與山共存的樣貌。

一位原住民青年，用獨特的口音回答我關於金針的各種問題：「都要都要，每天都要採呀，一天不採就變成你們看的花了。」相較於我熱切的追問，他的回答顯得不耐，也透露出對工作的無奈。

山中長大的孩子，想離開山，如金門的孩子嚮往來臺灣打拚。城市長大的孩子，則往山裡跑，如一早由市區開往森林小學的校車。我聽著父親說，關於退休回金門故鄉的事，那塊土地依舊在他心底，他是喝那裡的水、吃那裡長出的地瓜長大的孩子。怎麼可能不懷念？我還記得一捆一捆連著莖葉的花生堆在矮牆邊，不時跳出後知後覺的蚱蜢和蟋蟀。幾位阿婆邊聊邊用力地將高粱桿綁成掃把的樣子，我還記得好多好多，但都已不復見。相較之下，父親的回憶想必更深，也更愁。

晚餐後，我們趴在客廳的墊子上，玩著《叢林保衛戰》。

「我出台灣獼猴（卡牌），可以多種兩棵樹，耶。」樂哥邊出牌邊說。

「為什麼獼猴可以多種樹？」我提問。

「因為牠會吃果實然後大便或是亂丟啊，然後就會長出樹來。」樂哥回答。

「換我送你一張萎凋病，你這棵樹不能再長高囉！」禾妹把萎凋病的卡牌蓋在樂哥剛長出的小樹上面。

「媽媽，我要怎麼治療我的白蟻啊？」禾妹問著。

「看你有沒有穿山甲啊，她可以吃白蟻。」媽媽回答。

這是套台灣自行設計研發的桌遊，除了將山林保育的因果知識設計成規則外，也保留爾虞我詐的陷害伎倆。例如台灣黑熊能抵禦山老鼠的濫伐、無情的土石流會沖走低矮的小樹、陽光和雨水則能加速森林的生長，非常好玩。

倘若有一天，環境遭逢巨變，人們心中最想念的，定是些習以為常的平凡。

我想著春天雷雨讓意料之外的山客溼了鞋，夏日的蚊蟲使大家必須在腫起的紅胞上用指甲刻上十字，走在秋天沙沙沙的落葉堆上，最後冬日的暖陽和煦地曬在身上。也許前幾代的先人，想念的是成群奔走的梅花鹿，或是提著油燈走在古道的情景。我們將這些記憶蘊藏在心裡，選一個既純粹又美好的位置。

睡前，禾妹磨蹭來說：「爸爸，今天可以講這個故事嗎？」

我問：「好啊，妳選了哪一本？」

禾妹拿了《雲豹的屋頂》，說：「為什麼遊戲（叢林保衛戰）裡不設計雲豹？雲豹可以吃赤腹松鼠，而且牠身上花花的，跑來跑去，應該也可以像梅花鹿一樣，讓盜獵者打不到啊。」

我驚呼她的見解，也許真的可以如此設計，但雲豹終究已經滅絕了。

我念著故事：「雲豹沒想到長頸鹿會來看他，也非常開心。雲豹帶著長頸鹿參觀自己屋頂上的生活。自從離開森林後，他就和一些動物朋友搬到城市的屋頂。每到晚上人們熟睡，就是『屋頂森林樂園』最熱鬧的時候，動物們紛紛出來遊戲玩耍……」

故事還沒說完，禾妹已倚在我身邊不支。我想著她的夢，是否有今天的山和雨，或是一隻未曾謀面的雲豹。我在她額上一吻，道：「晚安！祝妳有個好夢。」

給孩子的十個禮物

親愛的孩子，謝謝你們陪著我走入山林。有時握著你們的手，看著你們的眼，便能讓我充滿能量；你可以說那是父親的本能，但我知道那是你們給我的。也許有個愛爬山的父親，是挺辛苦的，時汗流浹背，時雙頰凍紅，至上車筋疲力竭睡得東倒西歪，感謝有你們相伴。

簡媜女士，是我很喜歡的作家，我效法她在《老師的十二樣見面禮》一書的結尾，為自己的孩子選了幾樣禮物。

以下十樣物品，看似平常，卻有很深的意涵，也許哪天我不能陪你們走，當你帶著這些物品上山，會讓你有所體悟。如作家楊世泰在《折返》一書所提到的：「是山這個領域提煉出一個人的本質和氣質，成為更忠於自我的人。」

一、哨子

山上的救命工具，需要它時，每十分鐘吹幾下，能有效地等待救援。許多事物備而不用，並非不重要。如你每天掛在書包前的警報器，或是我車廂裡的備胎和維修工具。防患未然，讓我們懂得評估各種可能發生的事，並珍惜許多得來不易的平凡與快樂。

二、夾鏈袋

我常用來裝衣物和尿布，將空氣擠出，能縮小體積。有限的容量，讓我們學習取捨，若是不需要的，則將它擠出。像是夾自助餐的盤子，你僅能挑選幾樣放得下的菜色；或是像「時間」，你得選擇「該做的事」與「想做的事」，練習在有限的情況下權衡和思考，做更有效率，或是重要的事。

三、萬金油

被蚊蟲叮咬或是頭昏腦脹時，隨手一抹，馬上就能見效。尤其是它熟悉的氣味，能緩解焦慮緊繃的神經。當然，每個人的萬金油有可能不同，也許是綠油精、白花油或是小護士，選擇你喜歡的味道才是最重要的。它可以讓你在面對各種難處停滯時，得到舒緩，像在山上迷路抱著大樹一樣，深呼吸，平心靜氣，然後重新思考，再次踏上旅程。

四、衛生紙

很難想像用蕨類毛毛的葉子在如廁後擦拭的觸感，一直想讓你們嘗試，卻等無機會。好吧！衛生紙很薄很輕柔，能擦汗、擦淚、拭血。流汗、流淚、流血都是人的基本自然反應，人有各種情緒，都有它存在的必要，「情感」便是人類最重要的核心價值。孩子，我知道當澎派的情緒湧現時，你可能感覺彆扭，但最終，你都必須當個勇敢面對自己情緒的人。若能如此，你定會感受到自己變得不一樣了，「別忘了你因為什麼樣的事情，而有什麼樣的情緒。」期待你學習真誠地面對自己與他人的情緒感受，為自己，也為別人。

五、絕緣膠帶

你們一定常看到我用絕緣膠帶綑綁或是修理東西，沒錯，它的確很萬用。薄薄的，卻有絕佳的韌性和固定效果。像是我們待人處事得時常保持彈性，有時用柔軟、平和的方式，也可以有很堅強的效果。理直氣平，讓彼此都不受傷。

六、小刀

我知道你們很羨慕我有一把瑞士刀，每當我拿出來，你們都會盯著我，好奇爸爸今天要使用哪一種工具。當然，這也是我從小夢寐以求的馬蓋先小刀，在需要採集植物莖葉時，鋒利的刀刃一劃便能取下，也能避免拉扯，反而傷害了更多的部位。人生定有許多時刻，需要果斷地做決定，希望你能有勇氣去面對。此外，像是玩具破損的平整斷面，是最不容易黏合的，使用時不得不謹慎和小心，相信你的每個決定都有它的意義。

七、放大鏡

這是小小探險家必備的法寶之一，我常看你們拿著東看西看，看樹的紋路，看地上的蟲蟻。卻鮮少大人能和你們一樣，似乎長大懂得多便會喪失了對事物探究的熱情。希望你們能一直保有這樣的熱情，同時變換不同的角度看待每一件事。有時能由小見大，如由樹皮上的蛀口，便知樹將走向死亡。有時得遠看才知全局，如下圍棋比賽，看得夠遠才知輸贏。多面的視角，讓我們能看得更透徹、更客觀，也能更了解每個行為的影響和結果。

八、火柴

在山上不能沒有水，當然也不能沒有火。火可以烹飪煮食，生熱取暖，更能在危急時燃起狼煙，或驅趕猛獸。但若沒有妥善掌握和控制，星星之火也可燎原。我們做的每件事，可能都有意想不到的影響。子曰：「不因惡小而為之，不因善小而不為。」做事前，務必謹慎思考，用在對的方向。

九、牛奶糖

入口時，那香甜濃郁的滋味，總是讓精神為之一振。適時放鬆，對自己好一點，重新出發，是很重要的。找到自己喜歡的事情，是非常重要的。牛奶糖可能是人生中的任何人事物。務必切記，要趕快去做，放太久，牛奶糖也是會融化的。

十、松木片

小小的松木吊飾，貼近一聞，總散發出淡淡的清香，傳達著它原生環境的氣息，也代表著你與大自然的連結。也許之後你並不熱愛爬山，但我們無法與大自然分離，始終是天地之間的一份子。但它的氣味，它的紋路，也許能讓你想起，我們曾經一起在山裡的時刻。

在輕量至上的裝備風潮中，十樣禮物是否太多呢？也許吧。像是父母親對子女不斷地碎念和提醒，也得適量。

由衷地感謝一路相隨的家人、朋友，期待能在山上再次遇見。